COLLECTION SÉRIE NOIRE
Créée par Marcel Duhamel

Parutions du mois

2316. LA PORTE DE DERRIÈRE
(MARC VILLARD)

2317. GAME OVER
(FREDDIE LAFARQUE)

2318. FOLIES DOUCES
(RICHARD MATAS)

2319. VOMITO NEGRO
(JEAN-GÉRARD IMBAR)

FREDDIE LAFARGUE

Game over

GALLIMARD

© Éditions Gallimard, 1993.

1

Josh cala le crucifix entre l'Accueil et le Premier Etage. Il voulut se signer, mais il jugea, une fois de plus, le geste déplacé en pareil lieu et se contenta de modifier le contraste des six écrans, un pour chaque zone sensible de l'hôtel. Il n'aimait pas les images pâles. D'ailleurs, il n'aimait que le soleil, ou la nuit noire. Pas de demi-mesures. Que de l'extrême. Je ne parle qu'à Dieu, ou de Dieu. Quand il avait rappelé au Père-Maître ces mots de saint Dominique, il s'était attiré un sourire de commisération. Un de ces doux rictus qui l'irritaient, alors qu'il aurait dû se soumettre. « Pourquoi te réfugies-tu toujours derrière les saints ? » avait fini par lui demander le Père-Maître. Parce que ce sont les seuls irréprochables.

A la télé, le maire lisait sur un prompteur le communiqué du soir. Et s'en tirait très mal. « Trois cents tonnes de poissons morts pourraient être retirées demain du fleuve, dont les eaux, rappela-t-il en clignant comiquement des yeux, subissent depuis vendredi matin une forte diminution de leur teneur en oxygène. » Jésus Marie, le zombie de la 108 a encore oublié son code. La troisième fois en quarante-huit heures. Josh appuya sur la touche adéquate, la porte vitrée coulissa, et le zombie, en se retournant vers la caméra de contrôle, le remercia d'un geste de la main. Le couloir était de nouveau vide.

«Lundi, poursuivit le maire, l'orage avait provoqué le rejet dans le fleuve du trop plein non traité des égouts et des eaux de lessivage.» Josh haussa les épaules et brancha le vieux Sony. A la braderie de la Région, il avait récupéré deux cassettes Betamax en fort mauvais état mais qui lui avaient cependant coûté l'équivalent d'une journée de salaire. Le vendeur, un Rabe des anciennes raffineries de pétrole, ne s'était pas laissé baratiner. Des films comme ça, on n'en voyait plus, et si Josh n'avait pas le fric pour, qu'il se tire ailleurs, les clients ne manquaient pas. Nous sommes tous des dissous en puissance. Okay, je raque.

K. s'adressa à ses poursuivants, il cria: *Non, non, je ne prendrai pas le couteau, et je ne ferai pas votre travail... Non! Non! c'est ce que vous attendiez de moi, hein? C'est ce que vous auriez voulu, hein? Eh bien, non, c'est à vous de me tuer*. L'image sautilla, puis se couvrit de zébrures, et le son, comme pris d'une quinte de toux, devint inaudible. Au même moment, une masse énorme emplit l'écran Accueil, et Josh se demanda s'il ne rêvait pas. Jamais il n'avait vu femme aussi décadrante. Elle débordait de partout. Pareille à la coulée de boue qui avait emporté la Cité des Anges. Pire même, car la terre des collines coagulée à l'eau du ciel possédait encore dans ses spasmes meurtriers quelque chose d'humain. C'est dans la glaise, et la fange, ô mon Dieu, que je modèlerai ton image, alors que ce magma de bouffissures violacées paraissait sortir du fin fond de l'océan, là où croupissent les créatures condamnées à ne jamais voir ta lumière, ô mon Dieu.

Aussi dérisoire que fût sa fonction, Josh disposait d'un

tout petit pouvoir, dont il n'usait que les soirs de grands matchs, ou d'émeutes. Il pouvait, à qui il le jugeait bon, refuser l'accès de l'hôtel, et voilà qu'il s'apprêtait à l'exercer, ce pouvoir, quand soudain le monstre pivota sur lui-même pour offrir à l'Identification un visage imprévu.

La bouche veloutée, finement ourlée, se couvrit d'une buée obscène, et les yeux, amandes effilées aux couleurs de l'azur, scrutèrent comme avec timidité l'objectif de la caméra. Les chiffres crépitèrent, ils correspondaient bien à la carte de crédit, et Josh lui attribua mécaniquement la 115 et le code BFW2J. Il en fut récompensé par une moue boudeuse.

Comment une telle splendeur pouvait-elle voisiner avec tant de disgrâce ? Mais peut-être ne s'agissait-il que d'une illusion ? A moins que ce ne fût une épreuve ? Une de ces épreuves après lesquelles il courait depuis bientôt deux ans. Pour le savoir, il aurait fallu que fonctionne le système qu'il bidouillait dans ses moments de liberté, et qui lui permettrait, par le couplage du réseau Nettoyage à l'ensemble des chambres, de suivre en toute impunité n'importe qui n'importe où à l'intérieur de l'hôtel. Josh en était encore loin.

En le raccompagnant à la porte du monastère, le Père–Maître lui avait dit : « Je crains que tu ne confondes Dieu avec la justice, il lui arrive aussi de se révéler dans l'injustice. » Après un temps de réflexion, Josh stoppa les capteurs de fumée et alluma une cigarette, dont le paquet de dix se vendait désormais au même prix que l'héro. La drogue, on ne peut que l'accepter, avait décrété la Communauté, mais pas le tabac ! Curieusement, Josh avala sa première bouffée sans grand plaisir. Personne n'était en mesure de le surveiller, et pourtant il se sentait mal à l'aise dans son réduit électronique, persuadé malgré tout que la Direction le contrôlait jusque dans ses vices.

Si je dois mourir, hurlait K., *c'est à vous de me tuer*. Les deux hommes firent mine de s'éloigner. *Oui, c'est à vous, vous m'entendez*, continua K., *c'est à vous, à vous... Oui, à vous, lâches, à vous de me tuer! Allez, venez, approchez, je ne ferai pas le sale boulot à votre place.*

La lampe rouge de l'Identification clignota. Tout en planquant bêtement sa cigarette dans le creux de sa main, Josh mit le film en pause et observa avec ennui l'écran Accueil. Malgré la chaleur qui régnait en ville, le type portait un de ces complets trois pièces en flanelle grise à fines rayures, qui revenaient à la mode et que l'on ne trouvait que dans les capitales de la Communauté. Pas très grand, pas aussi grand que Josh en tout cas, mais deux fois large comme lui, le type au costard ne cessa de se caresser le lobe de l'oreille tout le temps que dura le contrôle de sa carte de crédit. Lorsqu'il se pencha pour récupérer sa mallette, Josh remarqua un début de calvitie sur le sommet de son crâne. Aussi sec il procéda à l'agrandissement de l'image, pour un résultat nul, car ce n'était pas le signe distinctif de la tonsure. Le type au costard perdait ses cheveux, rien de plus.

Tant mieux, grogna Josh en retirant sur sa cigarette, je ne me sens pas d'attaque. Comme la veille, les Viets de la 18 branchèrent à 21 heures 30 précises leur système d'autodéfense, et K. répéta, d'une voix exaspérée: *Vous m'entendez, hein? Vous m'entendez?... Alors, les lâches, vous venez?* En réponse, un bâton de dynamite traversa l'écran et tomba aux pieds de K., qui éclata de rire. Josh frissonna, et l'espace d'un instant il songea à la grosse fille du 115.

Dormait-elle? Il l'imagina baleine échouée, écrasant de sa masse prodigieuse ce que la Direction appelait pompeusement le «Repos de l'Itinérant».

L'explosion du bâton de dynamite coïncida avec l'apparition, sur l'écran Rez-de-Chaussée, du bigleux de la 17 qui essaya de faire cracher au distributeur la super light qu'il n'avait pas payée, vu qu'il était invité par la ville pour disputer un de ces putains de championnats où l'on ne gagnait que des voyages à la con dans des territoires supposés non pollués. Et vu surtout que la ville ne couvrait jamais les extras des candidats.

Josh se reprocha une telle pensée. Depuis que la foi le guidait, il se surveillait et, chaque fois que nécessaire, il se punissait avec rage de ses manquements aux devoirs de sa nouvelle condition. Bon sang, et si la baleine venait à l'engloutir ? Demain matin, il se donnerait la discipline. Cinq coups, pas un de moins, se promit-il.

La nuit tomba, l'écran du magnétoscope resta noir et silencieux quelques secondes, une éternité pour Josh qui s'agrippa à son fauteuil, comme jadis lorsque son grand frère l'emmenait au Forum voir ces films qu'à présent il recherchait pour les détruire. Enfin, on entendit, sans que le moindre parasite l'altère, la voix chaude du metteur en scène : *I played the advocate and I wrote and directed the film, my name is....* Dieu du ciel, jura Josh, si je m'attendais à celui-là ! C'est pas son heure pourtant !

L'inspecteur divisionnaire Meyrat. Que l'on surnommait Vampirax à cause de sa façon de serrer de trop près les gamines qui sniffaient de la nicotine dans le dédale des cités d'urgence, dont il assurait la surveillance en tant que chef-adjoint de la police municipale. Dans la journée, Meyrat circulait sans arme à bord d'une voiture de service qu'on repérait dix lieues à la ronde. Mais, dès la fin du jour, il oubliait le règlement et, lesté d'un revolver de gros calibre qu'il exhibait volontiers dans les rades du port, il enfourchait sa moto, une tchèque de compétition, ramenée d'un congrès à Bratislava de l'association Ordre et Sécurité qu'il coprésidait à l'échelle de la Communauté.

Lui n'avait besoin ni de carte ni de code. Il suffisait qu'il fronce ses sourcils, si broussailleux qu'ils se touchaient – la marque du Diable –, pour que toutes les portes s'ouvrent devant lui. Il était partout chez lui, et les caméras, il s'asseyait dessus. Il le prouva en collant sous le comptoir d'arrivée son chewing-gum. Josh le suivit sur les écrans Rez-de-Chaussée et Premier Etage. Vampirax n'emprunta pas le *lift* que d'ailleurs personne ne prenait. Pour quelques marches, enfin quoi !

A vue de nez, car la caméra de contrôle à l'étage, démunie de zoom, n'offrait qu'une plongée large, approximative, sur le couloir, Josh estima que l'inspecteur avait pénétré dans la chambre 111, à deux portes de la baleine. Il vérifia pour confirmation sur l'ordinateur, la 111 était effectivement libre. Puis il rembobina la cassette et ralluma son mégot, en manquant de se brûler les lèvres. « Overdose foudroyante, la pute, elle a eu ce qu'elle méritait, avait diagnostiqué Meyrat en se marrant, et toi, avait-il lancé à Josh, tu seras le prochain, parole de flic. » Deux ans déjà.

Pas de flash-back, pas de mélancolie. Surtout pas de mélancolie. Que le présent. Josh fixa le Christ sur sa croix et, fermant à demi les yeux, il se récita une litanie de sa composition : Lorsqu'un serviteur de Dieu persiste dans la tristesse, alors se développe en lui la mélancolie qui produira dans son cœur, si elle n'est lavée dans les larmes, une rouille tenace. Josh s'efforça de pleurer.

A 1 heure 58, il bloqua les accès à l'hôtel, en commençant par la bretelle autoroutière. Un quart d'heure plus tard, après le passage des hélicos, il déconnecta les caméras de contrôle, à l'exception toutefois de celle du Premier Etage.

Le règlement le lui interdisait, car, passée l'heure limite d'enregistrement, chaque occupant de l'hôtel était tenu responsable de sa propre sécurité, et au prix où étaient les chambres, la moindre économie comptait. Mais le règlement n'avait pas prévu la baleine.

D'ordinaire, Josh profitait de la pause pour dormir jusqu'à 5 heures. Sauf lorsqu'il changeait de programme. La deuxième cassette refusa de partir. Maudit soit-il, le Rabe l'avait roulé. Josh essaya de comprendre, il tripatouilla toutes les touches, mais la lecture ne démarrait pas. Il éjecta la cassette et l'examina avec soin. La technique, c'était quand même son rayon. En apparence, rien d'anormal. Tout était en place. Même la languette de sécurité. Le Rabe, pas con, en avait d'ailleurs tiré un argument de plus. Vous pourrez effacer le film, qu'il avait dit, et en enregistrer un autre dessus. Tu parles, on n'en diffuse plus des films, tout juste un par mois, et encore. N'empêche que c'est une possibilité supplémentaire, et que ça vaut ce que ça vaut, avait ricané le Rabe. Et à présent, Josh l'avait dans l'os. Marrant, non ? A l'école, ça faisait rire même ses profs : Josh l'a dans l'os !

Sur le boîtier de la cassette, il y avait une photo du film. Josh rêva dessus. Andy Griffith et Patricia Neal. Andy Griffith qui chantait : *Si le whisky ne nous a pas, c'est les femmes qui nous auront*. Deux ans que Josh n'avait touché ni à l'un ni à l'autre. Régime sec. Carême permanent. Je ne parle qu'à Dieu ou de Dieu.

Le type au costard de flanelle surgit tout à coup dans le champ. Il se déplaçait lentement, en se collant au mur, comme s'il avait deviné que la caméra continuait de tourner. Mais, deviné ou pas, il avançait sans se presser vers le fond du couloir. Bizarre, se dit Josh, plus de calvitie. De deux choses l'une, ou il s'est teint le crâne, ou il a rajusté sa moumoute.

On ne doit jamais faire confiance à un chauve qui n'avoue pas son infirmité. Péché d'orgueil. Probable qu'il a rendez-vous avec Meyrat. Un *dealer*, mais pas le gagne-petit, rapport à sa flanelle grise. Pourtant, le type au costard passa sans s'arrêter devant la 111.

Son rencart, c'était la baleine, et on devait l'attendre avec impatience car la porte s'ouvrit sans qu'il ait eu besoin d'insister. Par tous les saints, à qui se fier ? Nous sommes des dissous en puissance, et un et un ne font plus deux. La baleine étouffant le type au costard, voilà quelle fut la dernière image qui accompagna Josh aux portes du sommeil. Du haut de sa croix, le Christ laissa tomber une goutte de sang, mais Josh ronflait doucement, et le miracle ne fut pas enregistré.

2

L'invasion avait commencé. Quasiment grandeur nature. Mal réveillé, Josh se frottait les yeux. Incroyable. Jamais, il n'avait vu autant d'uniformes. Il en compta, rien que sur l'écran du Premier Etage, une bonne vingtaine. De toutes les couleurs. Y compris des gris, les pires. La plupart portaient des gilets pare-balles. Une distribution de luxe... mais son cerveau corrigea sur le champ le mauvais réflexe. Trie les infos, lui ordonna-t-il, adapte ta conduite à la situation, et enfouis en toi toute attitude de dérision.

En un tournemain, Josh fit disparaître les cassettes derrière la grille d'aération, l'une de ses planques les plus sûres. Puis, il ralluma les cinq autres écrans. Ça grouillait. Une armada de furieux arpentait les couloirs, avec de ci, de là des clients mal réveillés et tremblants, qu'on alignait face au mur, les jambes écartées. A côté, les rafles du Sécurithon, le samedi soir sur le câble, faisaient minable. *Direct live*, manquait que les dialogues... Encore un mauvais réflexe, aboya le cerveau, ton tour va venir. Garde-toi de te troubler.

Vite, très vite, Josh balança ses trois dernières cigarettes dans le broyeur. C'était ça, ou la confession publique suivie d'une cure de remise en forme. Pas question, sinon son imposture serait flagrante. La machine déchiqueta en ronronnant papier et tabac, mais pour le crucifix Josh manqua de temps. La porte du poste de contrôle vola en éclats, et il se retrouva projeté au sol, le canon d'un fusil d'assaut contre la nuque.

— Fais-moi plaisir, bouge, enculé.

Josh ne bougea pas. Quelqu'un lui tira brutalement les cheveux en arrière et lui fourra le crucifix sous le nez.

— T'as de la religion, toi ?

— Sûr qu'il en a, sinon qu'est-ce qu'il foutrait dans ce trou à rats ?

— M'étonnerait pas qu'il se branle dessus. L'autre jour, au JT…

— Debout, enculé.

Ils étaient trois, plus très jeunes, mais les nerfs à vif. Le genre, je gâchette et je plaide l'incident technique. Josh les dominait d'une bonne tête. D'instinct, il courba le dos, rentra les épaules et baissa le regard. Parfait, il était parfait dans le rôle du soumis. Il aurait aimé que le Père-Maître assiste à la séquence. Que tu es secret, toi qui habites les cimes, dans le silence, toi qui seul es grand, et qui répands infatigablement des aveuglements.

La gifle le prit par surprise. C'était le plus mastoc, et il y avait mis toute sa force. Juste pour prouver qu'il existait. Mais Josh ne craignait pas les coups. La douleur, il vivait avec.

— Allez, avance, enculé, on t'attend là-haut.

En passant devant les deux autres, Josh renifla l'odeur aigre de la vodka moldave. Probable qu'ils en avaient vidé quelques bouteilles pour se donner du courage. Si t'as des couilles, tu bois, et si tu bois, t'as des couilles. Théorème simple, efficace, et qui t'évite de mouiller ton froc lorsque les salopards te tirent dessus. Car depuis que les Smokers écumaient, entre minuit et l'aube, cette partie de l'autoroute, les opérations de police tournaient assez souvent à la bataille rangée, et les victimes n'étaient plus forcément du même côté.

Béni sois-tu, Seigneur.

— Hé, l'enculé, t'as pas de sac ?

— Je porte tout sur moi.

— T'es comme une capote, alors ? s'esclaffa le plus mastoc qui devait être un gradé, sans en arborer pour autant les signes distinctifs.

Grande gueule mais pas téméraire, songea Josh en avançant. Les galons, ça se payait au prix fort désormais, les snippers des stations service les éliminaient en priorité, et la nuit plus un flic n'en portait en dehors de la ville.

Au Rez-de-Chaussée, on le dirigea vers Jeux pour Tous, la seule pièce collective de l'hôtel, la seule salle où l'on pouvait tenir à plus de quatre. On avait dégagé le mur du fond de ses machines à sous pour que les caméras vidéo, qui acceptent mal les couleurs criardes, ne saturent pas un maximum. Assis en rang d'oignons, des clients hébétés répondaient aux questions des enquêteurs. Comparé au tohu-bohu des couloirs – bruits de rangers, cliquètement d'armes et surtout pillage en toute légalité des distributeurs de boissons –, Jeux pour Tous ressemblait à un confessionnal. Enfin, presque.

— A vous, lui intima, d'une voix lasse, le cheveux raides qui venait d'en terminer avec le 218, un représentant en produits urbains, l'un des rares à faire encore la route entre le Nord et le Sud.

Josh lui sourit, mais le représentant tourna la tête. Logique.

— Votre carte, dit le cheveux raides.

Josh la lui tendit et en profita pour déchiffrer sur son badge le nom et le grade de son interlocuteur. Il s'appelait Daniel

Vigne et avait rang d'investigateur de 1ʳᵉ classe, une nouvelle fonction créée pour harmoniser les hiérarchies des différentes polices de la Communauté.

Vigne introduisit la carte dans le lecteur optique.

— Joseph trait d'union Benoît Blandin, né le 18 août 1960 à Sigmaringen... Pourquoi Sigmaringen?

— Armée d'occupation.

— Précisez.

— Mon père était officier dans un régiment de chars, et il était caserné en Allemagne.

— Etudes réduites au minimum. Un BTS d'informatique. Réformé. Pas la fibre militaire?

— Insuffisance cardiaque.

— Cinq ans aux Etats-Unis, dont deux dans le Nippoland. Vous avez aimé?

— Adoré.

— Vous mentez. Sur la fiche, on précise que vous fumez.

— Je ne fume plus.

— Sexualité?

— Plate.

— Quoi?

— Normale... Réduite, si vous préférez.

— Donc, vous êtes chargé de l'accueil et de la surveillance électronique de cet hôtel.

— Pour le moment.

— N'adoptez pas ce ton avec moi, ça me porte sur le système, et quand ça me porte sur le système, je double la facture.

— Suis-je en droit de poser une question?

— C'est votre jour de chance, vous avez tiré le plus sympa.

— Pourquoi tout ce remue-ménage? Pourquoi cet interrogatoire?

— Question rejetée… parce que complètement idiote… Vous seriez d'ailleurs bien le seul à ne pas le savoir. A moins que vous ne fassiez semblant ?

— Je ne fais pas semblant. En bas, on n'a pas le retour son, on est comme qui dirait au courant de rien. De pas grand-chose, en tout cas. L'Accueil, les Etages, le Nettoyage, cette salle, et puis…

— Eh bien, Joseph trait d'union Benoît Blandin, on a tué quelqu'un, et pas n'importe qui, cette nuit dans votre hôtel si… parfaitement… autodéfensif.

— On m'appelle Josh.

— Josh ! … Vous fumez encore, n'est-il pas vrai ?

— Je vous ai déjà affirmé le contraire.

— Mensonge. Même sans détecteur, je le sens.

— Et qui a-t-on assassiné ?

— Minute.

— Okay, j'ai enfreint la règle, les questions, c'est vous qui les posez.

— Classique, non ?

— Classique.

— Si je vous dis 115, vous me répondez quoi ?

— Baleine.

— Attention, je commence à disjoncter.

— Vous l'avez quand même vue, elle est énorme !

— Justement, on ne l'a pas vue.

— Mais l'ordinateur ?

— L'ordinateur n'enregistre que des données statistiques. Correspondent-elles à la réalité ? Pas toujours. Les cartes bancaires, ça va, ça vient.

— Moi, je l'ai vue.

— Vue et enregistrée ?

— Non, nous n'enregistrons que les plaintes. Vous le savez !

— Exact, mais un informaticien, même de faible niveau comme vous, ça bricole, et peut-être que vous êtes du genre voyeur ?

— Elle est étroite la porte et resserrée la voie qui mène à la vie.

— Vous voulez répéter ?

— Vous avez très bien entendu.

— Répétez.

— Elle est étroite la porte et resserrée la voie qui mène à la vie...

— ... et il en est peu qui la trouvent. Saint François, hein ?

— Bravo.

— Je suis diplômé de théologie.

— Et vous êtes...

— ... flic. Evidemment. Je ne vois pas où est le problème. Mais vous, comment se fait-il que vous connaissiez saint François ?

— Par les cours du soir inter-blocs.

— De nouveau, vous mentez, mais je m'en tape. Donc, la 115 était occupée par une femme.

— Ça, vous le savez.

— Oui, mais décrivez-la moi.

— Très grosse.

— Très grosse comment ?

— Comme une baleine.

— Voilà qui explique la nuque brisée.

— La nuque brisée ?

— Votre baleine, pour reprendre votre image, lui a brisé la nuque, mais il y a mieux.

— Mieux ?

— Elle lui a arraché les yeux.

— Les yeux ?

— Pas fameuses, vos reparties.
— Mais à qui a-t-elle fait ça?
— Je me répète, à quelqu'un à qui elle n'aurait pas dû le faire. Elle est bonne pour la perpétuelle, à condition qu'on la juge...
— A condition qu'on l'attrape.
— Pour l'attraper, on l'attrapera... Une baleine, comment voulez-vous qu'elle nous échappe?

A ce moment de l'interrogatoire, Josh découvrit un peu en retrait sur sa gauche le type au costard de flanelle en grande conversation avec un autre investigateur. Etonnant, c'était pourtant bien lui qu'il avait vu entrer dans la 115!

— Ils se ressemblent, hein? fit l'investigateur.
— Comment ça?
— Ce sont... ou plutôt, c'étaient des jumeaux. Aux alentours de 4 heures du mat, vous faisiez quoi?
— Je dormais.
— Vous dormiez? En avez-vous le droit?
— Oui... Entre 2 heures et 5 heures, on débranche tout.
— Et vous ne trichez jamais?
— Jamais.
— Nous vérifierons... Vous êtes calé sur les jumeaux?
— Pas du tout.
— Ce sont des monstres.
— Des monstres?
— Et allez, c'est reparti. Je dis blanc, et vous redites blanc en ajoutant un point d'interrogation. Lassant, à la fin.
— Je ne recommencerai plus.
— Vouais... Donc, les jumeaux. Déjà que quand on les sépare, ils ne le supportent pas, alors, quand on en tue un, vous imaginez la suite.

— Lequel est mort ?

— Et qui voulez que ce soit ? Celui qui avait pris une chambre.

— Mais comment son frère se trouve-t-il ici ?

— Ils étaient reliés à un central d'alarme commun. L'un à l'intérieur, et l'autre...

— ... à l'extérieur.

— Si vous terminez mes phrases, il y a du progrès. Je ne vous dis pas leur nom, puisque vous avez procédé à l'identification du mort.

— Il me semble que c'était quelque chose comme Schn...

— Schneider, en effet ! Le mort, c'était Karl, et le survivant...

—... s'appelle Markus, dit le jumeau survivant, en venant se placer derrière l'investigateur. Vous êtes le surveillant ?

— Oui.

— Et vous savez qui est la fille ?

— Il l'a baptisée « la baleine », dit l'investigateur.

— Faux, ce n'est pas une baleine, c'est un orque... Un orque à visage humain.

— Traduction, Blandin, c'est une tueuse.

— J'avais compris.

— Est-elle restée tout le temps dans sa chambre ?

— Tout du moins jusqu'à 2 heures, puisqu'après...

— Je sais, je sais. Je suis un spécialiste des réglements.

Markus Schneider se pencha vers l'investigateur :

— Il est répertorié ?

— Il demeure en ville. On peut le localiser à tout moment.

— Vous en êtes sûr ?

— Certain ! ... On le laisse partir ?

— A quoi bon le garder ? ... Des types comme lui, on

les compte par millions. Tous des assistés, des fins de parcours.

— Bien, Joseph trait d'union Benoît Blandin, enregistrement préliminaire terminé...

— Vous avez découvert comment elle a pu sortir de l'hôtel ?

— Bonne question, j'attendais que vous me la posiez. Réponse : et vous ?

— ...

— Appuyez sur le bumper... Je suis drôle, non ?

— Vous pensez que je l'ai aidée ?

— On se calme... Dites, et celle-ci, vous la connaissez ? Aimez vos ennemis et faites du bien à ceux qui vous haïssent.

— C'est un ordre ?

— Futé pour un technicien de zone F.

— Les diplômes ne sont pas tout.

— Tirez-vous. Avec moi, c'était *cool*. Alors que si je vous repasse aux gris... Allez, du vent.

Josh ne sortit pas tout de suite de l'hôtel. Par Minitel, il transmit à la Direction la liste des clients de la nuit, se contentant d'indiquer à la rubrique Karl Schneider « décédé, enquête en cours ». Pour le principe, car au sommet on n'ignorait sans doute rien de l'assassinat. Mais Josh voulait conserver son emploi, il avait été trop longtemps Rmiste. Par contre, il se garda de signaler le passage dans l'hôtel de l'inspecteur Meyrat. Et cela pour deux raisons. Primo, quand on logeait en ville, il valait mieux ne pas se mettre à dos la police municipale, et secundo, puisque Meyrat n'avait pas jugé utile de se montrer après l'assassinat, c'est qu'il avait ses raisons. Aussi, motus et assurance tous risques.

Comme il descendait vers le parking où il garait, sans

craindre de se le faire piquer, vu son état, le Combi Volkswagen qui avait appartenu à son père, on l'appela. Par son diminutif. Josh, Josh. Il se retourna. Un handicapé dans un fauteuil roulant. Josh remonta les quelques marches qui le séparaient de lui.

— Vous me connaissez ? s'étonna-t-il.
— Josh ! Tu ne me remets pas ?
— Franchement, non.
— Et si j'enlève mes lunettes noires ?
— Vous !
— Affirmatif. C'est bien moi.
— Mais…
— La Slovénie, une voiture piégée… J'ai survécu. Mal. Mais enfin !
— Monsieur Robert.
— Pas de monsieur entre nous. Les amis de ton père sont tes amis.
— Vous faites quoi, par ici ?
— Je passais.
— Vous vous moquez de moi.
— Ton père sait-il que tu es là ?
— Non, dit Josh d'une voix tendue.
— Et tu ne souhaites pas qu'il l'apprenne ?
— A votre avis ?
— Aperçu. Je suis en ville pour quelques jours, je viendrai te rendre visite. On bavardera du passé… et du présent. D'accord, Josh ?
— Vous avez mon adresse ?
— J'ai des relations, Josh.
— Vous vous êtes reconverti dans quoi ?
— Dans quoi ? Dans l'amusement collectif… Et toi, comment ça va avec le monastère ?

— La voyance fait partie de l'amusement collectif ?
— La preuve, ce paquet d'américaines. Il est pour toi, prends-le.
— Des sans filtre !
— A bientôt, mon jeune ami.
— Si Dieu le veut, grommela Josh.
— Il le voudra, nous parlons souvent ensemble. Nous sommes de vieilles connaissances. Et évite de te faire prendre.
— Qui s'intéresse à moi ?
— Lucifer, Josh, Lucifer.

3

Entre l'hôtel et la ville, à l'inverse de ce que l'on observait autrefois à pareille heure, la circulation était des plus fluides. La plupart des cadres qui, après l'exode des paysans vers les consortiums de l'Orient, avaient choisi de s'établir en pleine nature, n'y habitaient plus. Dans la journée, évidemment, on s'y sentait encore en sécurité, mais, sitôt la nuit venue, les pavillons, qu'ils fussent ou non isolés, constituaient des objectifs de choix pour les irrécupérables. Que les communiqués officiels qualifiaient d'Hors-La-Norme après qu'on les eut appelés nouveaux pauvres. Au début, ils s'étaient contentés de voler tout ce qui roulait. A présent, ils n'hésitaient plus à s'en prendre directement aux salariés candides qui, après le bureau, avaient recherché verdure et calme.

Pourtant, à chaque attaque, les HLN y laissaient, pour beaucoup, la vie. Car les propriétaires de ces oasis de rêve – à en croire les anciennes campagnes de publicité – avaient dévalisé les armureries, et tout un chacun, dans les familles, avait été entraîné aux combats de nuit. N'importe, plus les HLN rencontraient de résistance, plus ils se montraient sanguinaires avec leurs prisonniers lorsqu'ils avaient réussi à se rendre maîtres des lieux. Mais Josh en doutait. Ne serait-ce que parce que la télé ne diffusait plus de reportages en direct. Les images, chacun pouvait les trafiquer à sa guise dans une salle de montage. Josh l'avait appris dès son enfance quand il accompagnait son père aux cours de guerre psychologique.

Le résultat pour autant était là : toute la périphérie sud s'était progressivement vidée de ses habitants. Il ne restait plus qu'une poignée d'irréductibles. Des anciens, pour la plupart, des guerres d'Afrique, qui avaient transformé leur riante résidence en bunker. La rumeur voulait qu'ils reçoivent des équipements spéciaux du Grand Condottiere. Autrement dit des Etats-Unis du Middle West qui, pour ne pas être emportés par la vague de paupérisation, s'étaient recyclés dans l'expédition punitive haut de gamme. Même Saint-Pétersbourg faisait appel à leurs brigades d'intervention quand les Fondamentalistes menaçaient les frontières de la Russie.

— Continue à conduire, les mains bien à plat sur le volant, et tout ira impec, souffla dans son cou une voix cristalline, sinon, je te pique.

Josh ne s'illusionna pas sur le gazouillis si mélodieux. A coup sûr, il avait embarqué la baleine dans son Combi.

Si l'on t'enlève ce qui t'appartient, ne réclame point, édictait l'Evangile, et Josh suivait à la lettre l'Evangile, du moins quand il était coincé.

— Et le péage, vous y avez songé ? Ils fouillent, maintenant, et...

— Toi, tu sais qui je suis.

— Je suis le surveillant de l'hôtel.

— Pouvais pas mieux tomber.

— Pourquoi ? Je ne comprends pas pourquoi... Vous étiez bien à la 115 ?

— Bingo.

— Donc...

— Donc, quoi ? Dis, puisque tu contrôles la taule, jusqu'à quelle heure, d'après toi, je suis restée dans cette putain de chambre ?

Le ton avait changé. Josh s'y adapta.

— Jusqu'à quelle heure ?... Tout le monde me demande ça !

— Accouche.

— Eh bien, j'ai vu le type que vous... qu'on a assassiné y pénétrer vers les 2 heures 15, 2 heures 20, et... on lui a ouvert la porte tout de suite.

— Correct ! C'est moi qui lui ai ouvert. Figure-toi que je l'attendais, affirma d'une voix goguenarde la jeune femme.

— Et vous l'avez tué ?

— T'es fâché avec l'accélérateur ?

— Moi, non, mais elle, si. Elle fatigue.

— Qui ça, elle ? C'est un camion que tu *drives* !

— Très exactement, c'est un Combi, mais je l'appelle «Espérance»... Répondez-moi, vous l'avez tué ?

— Si tu sautes les chapitres, tu vas te perdre. C'est comme avec les feuilletons.

— Je ne déteste pas les conclusions rapides.

— Tu me trouves comment ?

— Ben... encombrante.

— Salaud.

— Ecoutez, vous êtes recherchée par toutes les polices, et en ce moment vous me menacez... Et d'ailleurs avec quoi vous me menacez ? dit Josh en essayant de se retourner vers l'arrière.

— Pas de ça, on reste bien sage...

— Vous allez me tirer dessus ?

— Où que tu loges, pauv'con ? Qui t'a parlé d'un flingue ? Moi, c'est à la seringue que je travaille.

— Du poison ?

— Mieux, le truc qui te rend tout mou.

— Vous en êtes certaine ?

— C'est ta dose que tu veux ?

— D'accord, mais au péage qu'est-ce qu'on va faire ? On va les bombarder à coups de seringue ?

— Ce serait super ! ... Non, mais j'y pense, tu dois avoir une carte d'abonné, toi. Obligé en tant qu'employé de l'hôtel.

— Il arrive qu'on me fouille quand même, et un jour comme aujourd'hui, on n'y coupera pas.

— Tu causes bien, t'oublies jamais les ne pas.

— Quand j'ai peur, je ne commets jamais de fautes.

— La peur ? Tu ignores tout de la peur. Je pourrais t'en apprendre rapport à ça.

— Je n'en doute pas.

— Dans combien de temps, le péage ?

— Dans un peu moins de cinq minutes.

— Putain, vise un peu sur ta droite ! Ça s'est battu ici, cette nuit.

Encore intacte la veille au soir, la dernière station-service avant l'entrée en ville finissait de se consumer. Des ambulances chargeaient les blessés et les morts de la police. Pas les cadavres des Smokers que l'on entassait dans des bennes à ordures après les avoir photographiés. L'archivage était la force principale de la Communauté. Les ordinateurs regorgeaient de données.

— Qui sont les méchants ici ? demanda la jeune femme.

— D'où débarques-tu ? De Mars ?

— Enfin, tu me tutoyes. Violons, la *love story is beginning*...

— Ceux-là, ce sont des Smokers.
— Des survivants du Proletland ?
— On le prétend, mais je parierai une cartouche de Camel que non.
— Tu fumes, en plus ?
— En plus.
— Alors, ce serait qui, ces Smokers ?
— Il se pourrait qu'ils soient les enfants de la classe dirigeante. Ils s'ennuient dans leurs programmes...
— Et pourquoi les flics coxent pas leurs putains de familles ? s'étonna la jeune femme.
— Ça reviendrait à se détruire soi-même. De toute façon, le Plan 2000 a prévu de tels incidents. Ils contrebalancent l'espérance de vie, qui ruine tous les efforts de relance commerciale.
— *Shit*, tu parles comme un cadre.
— Je lis, je retiens, je m'instruis.
— A d'autres ! Ce genre de topo, c'est *classified... Out of the picture*.
— Voilà que tu parles anglais.
— Je suis australienne.
— D'où ?
— *From Sydney of course*.
— Je ne parle pas l'anglais. Je n'ai jamais quitté le pays.
— Quel pays ?
— Le mien.
— Un con de nationaliste, je suis vernie... Mais les States, c'est pas obligatoire pour les Européens ?
— Attention, le péage à moins d'une minute, avertit Josh. Tu as trouvé une solution ?
— Tu vois ta bâche, là ? Je me planque dessous. Avec l'odeur qu'elle charrie, qui ira vérifier ? Putain, mais c'est pas possible, qu'est-ce que tu transportes là-dedans ?

— Des poissons morts.
— Dégueu… Bon, eh bien, je me planque là-dessous, et à Dieu va !
— Ne prononce jamais son nom devant moi.
— Hé, mec, tu me la fais comment, là ?
— Tais-toi. On y est.

Le péage avait des airs de citadelle assiégée. Compte tenu du nombre de véhicules, seuls quatre postes étaient ouverts. En revanche, protégée par une muraille d'half-tracks, une compagnie de gris occupait la chaussée à moins de vingt mètres derrière.

— Aurait-on déclaré une nouvelle guerre ? demanda Josh à l'employé qui vérifiait sa carte.
— Ça en a l'air. Je vous plains.
— Pourquoi suis-je à plaindre ?
— Je vous aurai prévenu, ils sont nerveux… Est-ce que par hasard vous seriez du genre à les aimer ?
— Quelle question ! Evidemment que je les aime, fit Josh qui redoutait que leur conversation fût enregistrée.
— Pas de quoi pavoiser, hein ! Allez-y, vous êtes en règle.
— N'oubliez tout de même pas de me rendre ma carte. Sans elle, je me sens tout nu.

Josh se rangea derrière un break Volvo sur le toit duquel le propriétaire avait installé un lance-missiles du dernier cri. Identique à ceux qu'on voyait dans les flashes spéciaux. Prier ne servira à rien, pensa Josh, le mieux est que je me décontracte. Plus je vide mon esprit et mieux je dissimule, et si je dois mourir autant que ce soit le sourire aux lèvres. Et les plis de la bouche de Josh s'arrondirent.

— Vous venez d'où ? l'interrogea un major des gris.

Il faisait jour, et même grand jour, et les galons de l'officier resplendissaient sous le soleil.

— De l'hôtel N°5. J'assure sa surveillance de nuit.
— Ah, c'est vous, on nous a avertis. En route, vous n'avez pris personne ?
— Personne.
— On vérifie, major ?
— Non, on a des ordres. Qu'on le laisse passer... Allez-y, et bienvenue dans le monde civilisé.

Josh roula en seconde, comme quelqu'un qui, se pensant en règle avec la société, prend le temps d'admirer les forces qui etc., etc.

— Va plus vite, merde, maintenant.
— J'aurais pu te dénoncer. Et sous ta bâche, tu aurais été marron. Quel plan stupide !
— J'ai misé sur ta curiosité.
— Ma curiosité ? répéta platement Josh.
— Je me suis dis qu'avec ton métier, t'étais le genre de type à vouloir connaître la suite.
— Il y a métier et métier, le mien n'est qu'un pis-aller.
— Un quoi ?
— Une façon de gagner de quoi tenir.
— En tout cas, je t'ai niqué, parce que de seringue, j'en avais pas ! Je t'ai roulé, mec, et ça mérite récompense.

Elle lui ébouriffa les cheveux et l'embrassa dans le cou. Le contact de ses lèvres, aussi douces qu'il l'avait présumé, lui rappela, au lieu de le troubler, la nuque brisée de Karl Schneider.

Deux tournants plus loin, Josh se gara sur le couloir réservé aux arrêts d'urgence, sans quitter du regard le rétro, des fois que...

— Ecoute, je ne te demande qu'une seule chose.
— Dis toujours.
— Ce type au costard de flanelle, l'as-tu, oui ou non, tué ?
— Non.

— J'ai du mal à te croire.

— Baisons, et tu verras si je mens.

— Je ne touche plus aux femmes.

— La chance !

— C'est facile de se moquer.

— Tu préfères les insultes.

— Peut-être.

— *Fuck you, man, and fuck your mother*.

— Je dis la vérité, ça fait deux ans que je n'ai plus fait l'amour.

— Décompresse, sinon je te coince contre ta saloperie de volant et je t'étouffe.

— Ça me rappelle quelque chose.

— Tu sais combien je pèse ? demanda tout à coup la jeune femme.

— La caméra déforme.

— Eh bien, mate et apprécie.

Josh se retourna un court instant.

— C'est bien ce que je disais, la caméra déforme.

— Déloquée, je pèse quatre-vingt-huit kilos et des poussières. Pour un mètre soixante-six, ça laisse de la marge, hein ?

— Et tu te sens bien…

— Ça dépend avec qui je suis.

— En résumé, tu ne l'as pas tué ?

— Putain, merde, t'es sourdingue ou quoi ? Parole, tu te l'astiques trop ! Ce con est venu dans ma chambre, on a discuté, durement, okay, mais quand je suis descendue chercher de la bière au distributeur, je peux te jurer qu'il était tout ce qu'il y a de plus vivant.

— Pourquoi es-tu descendue ? Il y a un distributeur à chaque étage, que je sache.

— Tu saches que dalle, mon pote ! Au premier, le stock de bière était épuisé.

— Supposons, admit comme à contrecœur Josh.

— Ne suppose pas, c'est la vérité vraie, la vraie de vrai. Bon, j'ai un peu glandé, j'ai vidé mon premier *can* au rez-de-chaussée, tu comprends, il fallait que je gamberge à ce qu'il m'avait demandé... Résultat des courses, quand je suis remontée je l'ai découvert raide mort.

— Le coup d'œil du professionnel ?

— Exact, j'ai l'habitude des morts.

— Le flic qui m'a interrogé m'a dit qu'on lui avait arraché les yeux.

— Connerie d'intox, il a fait ça pour m'enfoncer, grogna la jeune femme.

— Qui ça, le flic... ou l'assassin ?

— Si ça se trouve, c'est le flic qui l'a refroidi, l'autre pédoque.

— Et comment t'es-tu débrouillée pour sortir de l'hôtel ?

— Pas tous les secrets, le même jour.

— Pourquoi, il existe d'autres secrets ?

— Des tas. Premier secret : pourquoi est-ce que j'ouvre si facilement ma porte à ce con ? Deuxième secret : de quoi avons-nous parlé ?

— Et troisième : comment as-tu fichu le camp ? Je suis un bon élève, non ?

— Tu veux rire ? T'es le dernier de la classe. Le troisième secret concerne l'occupant de la chambre 111.

— Meyrat ? L'inspecteur Meyrat ?

— A côté de la plaque.

— Pardon, mais je l'ai vu, fit Josh.

— Meyrat, connais pas. Moi, celui que je connais, c'est un certain Robert. Et celui-là, c'est pas ton univers !

— Ne parle pas sans savoir. Robert ne pouvait être à la 111, c'est impossible.

— Pas impossible, compliqué, répliqua la baleine sans s'étonner que Josh connaisse Robert. Trop compliqué pour un débile de ton espèce. Mais sois patient, t'en auras pour ton fric. Dis, t'en as au moins ?

— J'ai de quoi ?

— Du fric, de la thune, quoi, merde !

— Vérifie. Fais-moi les poches.

— T'es pas encore mort ! Je ne fouille que les cadavres... C'est comment que tu t'appelles ?

— Blandin.

— Et il a un prénom, Blandin ?

— Josh.

— Josh, tu l'as dans l'os, se marra la jeune femme.

— Tordant.

— On a dû te la faire, celle-là, hein ? Moi, c'est Myrna. Avec un y.

— A cause de l'actrice ?

— Quelle actrice ? s'étonna sincèrement Myrna.

— Laisse courir.

— Bon, tu redémarres ?

— Je redémarre.

— Et fais-moi plaisir, oublie pas l'accélérateur.

— Promis.

— Dis, Josh, t'as déjà sucé des nichons de cinq livres ? Sans me vanter, hein !

— Arrête... En ville, t'as une adresse ? Tu veux que je te lâche où ?

— Mais sur ton pieu. Où veux-tu que j'aille ?

— Réfléchis.

— C'est tout réfléchi. Ou t'acceptes de me planquer, ou

je te balance. Complicité de meurtre, tu trinques autant que moi.

— Sauf que tu ne l'as pas tué, remarqua sans trop y croire Josh.

— Silence, et conduis.

Là où la crainte de Dieu garde l'entrée de la maison, se rappela Josh en sortant des boulevards extérieurs, l'ennemi ne peut trouver d'endroit pour s'introduire.

— Allô, allô, Hardy appelle Laurel, allô, allô, Laurel, tu me reçois ?

— Cinq sur cinq, dit Josh.

— Tu me hais, Laurel ?

— Pas du tout. Je ne hais plus personne.

— Putain, ce doit être *funny*, *funny* la vie avec toi. Y a rien de mieux que la haine.

— Si, l'amour.

— De quel amour, tu causes ? Dis-moi vite, que j'aille voir à quoi il ressemble, car, si je t'ai bien compris, toi et la fête, z'êtes fâchés.

— La fête... la fête ! Que sais-tu de la fête, Myrna ?

— Plus tard, plus tard.

4

On avait beau construire des tunnels à six voies, des périphériques aériens, et interdire le centre historique aux voitures particulières, la ville s'étouffait. Lentement, inexorablement. A l'image d'une ruche prise de panique. Plus personne n'écoutait les conseils de modération des différents spécialistes du Mieux Vivre. Puisqu'on était libre, et que cette liberté ne durerait peut-être pas, autant en profiter. Et satisfaire son désir d'accumuler les signes de richesse. On s'endettait et on dépensait. La Bourse atteignait des niveaux records. La pollution aussi.

Mais on ne parlait plus beaucoup de pollution depuis que la majorité du parti des Environnementalistes siégeait au présidium de la Communauté. On préférait signer des pétitions en faveur des espèces menacées, et fabriquer à la chaîne des produits supposés naturels, alors qu'ils sortaient tout droit des laboratoires génétiques de Scandinavie. On bouffait bio, on versait une larme sur les mille-pattes, et on s'enterrait dans les villes et les réserves. Et voilà pourquoi on n'avançait pas entre les boulevards extérieurs et la place Sénèque.

Escargot parmi les escargots, Josh songeait aux américaines que lui avait données Robert. A la volupté qu'il éprouverait à en allumer une. Certes, le remords l'aurait taraudé, mais que serait l'existence sans les charmes du repentir ? Seul le risque qu'il courait à enfreindre la loi avec à son bord Myrna, qui sommeillait sur la bâche, l'empêchait de jouir en secret de sa faute. Déjà que son Combi finirait au rebut si les Testeurs vérifiaient la qualité de ses gaz d'échappement...

Un quart d'heure plus tard, les premiers panneaux indiquant la proximité de la place Sénèque apparurent. Ils étaient rédigé en neuf langues, et ils s'enfonçaient, dès la nuit, sous une chape de béton, afin d'échapper au zèle iconoclaste des couche-tard.

La refonte de la signalisation avait majoré de 10 % les impôts municipaux. Plus grave encore, elle avait complètement déboussolé la population. A l'origine de ce bouleversement des habitudes, on trouvait la nouvelle manie de rebaptiser rues, places et avenues, qui avait, au lendemain des élections, saisi le maire. Lequel s'était remis au latin et au grec ancien, comme on se remettait, dans les années 80, au sport. Avec un enthousiasme affligeant.

Désormais, il n'y en avait plus que pour Caton l'Ancien, Xénophon ou Tite-Live, là où Hégésippe Moreau, Boissier de Sauvage, Félix Eboué délimitaient autrefois un territoire familier. Bref, la merde progressait.

Tandis que, moi, je fais du sur place, grimaça Josh. Juste retour de bâton. Dans la seconde règle des Frères mineurs, saint François fixe sans ambiguïté les termes du contrat : *Que tous ceux des frères qui, par inspiration divine, voudront aller chez les Citadins et autres infidèles, en demandent la permission à leurs ministres provinciaux. Mais que les ministres n'accordent cette permission qu'à ceux dont ils voient qu'ils sont aptes à y être envoyés.* L'ennui, c'est que si Josh maîtrisait l'enseignement de saint François, il ne l'admirait pas outre mesure. De plus, les règles qu'il suivait, il prenait soin de les inventer lui-même au fur et à mesure de son parcours initiatique.

Les hélicoptères, qui interdisaient toute approche sauvage du centre historique, commencèrent à survoler le long chapelet immobile. Des hauts-parleurs indiquèrent les meilleurs itinéraires pour gagner les zones de parcage. Sur de gigantesques écrans de télémobile, défilaient des images additionnées, à l'instar des panneaux de signalisation, de sous-titres en neuf langues. A peine si l'on distinguait quelque chose. Officiellement, nous appartenions à la civilisation de l'image, alors qu'elle ne servait que de faire-valoir au discours.

Tout en prenant sa file, Josh déchiffra comme par automatisme les explications foireuses de la Haute Autorité. «Les ralentissements que vous subissez ne sont pas consécutifs à un dysfonctionnement de notre système circulatoire, sponsorisé, nous vous le rappelons, par les Combinats réunifiés d'Amazonie, mais à la stricte application de nos lois démocratiques.» L'habituel blabla qui enrobait la réalité, et qui la déformait. Or la réalité, c'était une manifestation des militants du Front Prusso-Croato-Celtique, partisans d'une intervention armée contre les forces serbo-kurdes qui, ne respectant pas l'accord de cessez-le-feu de l'avant-veille, marchaient sur Ankara.

Mais les sous-titreurs préféraient les généralités aux détails significatifs. Et Josh n'échappait à la machination que parce qu'il avait réussi à se brancher sur l'un des derniers satellites répercutant la totalité des informations. Ce que la Banque centrale de données ignorait, c'est qu'il avait profité de ses cinq années en Californie pour suivre les cours que donnaient les anciens de Cap Canaveral aux insoumis du Nippoland, et qu'il y avait acquis une parfaite maîtrise des sciences de la communication.

— Putain, deux plombes qu'on se fait chier, et pour parcourir quelle distance, hein? grinça Myrna.

— Tu es réveillée?

— Non, je cause en rêvant.

— Des boulevards extérieurs à chez moi, en comptant large, trois kilomètres, et encore!

— Dire qu'avant…

— Avant, on en aurait eu pour une demi heure à pied.

— Sauf que moi je ne marche pas, je roule affirma Myrna.

— Quelle est la situation à Sidney?

— Ça se passe mal… plus mal qu'ici. C'est-à-dire mieux!

— Explique.

— Depuis que la ville a été cédée en *leasing* à Mitsubishi, tout est *cool*. Plus de caisses, plus de cris, plus de jeunes non plus. Que des vioques, des retraités, des amis des fleurs et des petits oiseaux. Comme dans un labo. Chierie!

— Tu racontes n'importe quoi.

— L'essentiel est que ça fasse vrai, non?

— Depuis combien de temps as-tu quitté l'Australie?

— J'avais neuf ans lorsqu'ils m'ont enfermée dans leur saloperie d'institution…

— Aurais-tu été recyclée? interrogea Josh avec surprise.

— Recyclée, qu'est-ce que tu déconnes? Hé, Josh, la SF, c'est un plan hyper usé.

— Je veux dire…

— «Je veux dire, je veux dire» … On ne dit pas «je veux dire», on dit, point final.

— Tu as quel âge maintenant?

— J'approche des vingt-trois, et ça fait presque sept ans que je taille la route dans ce continent pourri.

— Tu parles bien notre langue.

— Fous-toi de ma gueule.

— Tu te trompes.

— Okay, d'accord. Quand ils m'ont rattrapée dans le désert, ils m'ont expédiée à Saint-Pétersbourg, mais je leur ai de nouveau faussé compagnie. Les gros ont du ressort, tiens-toi le pour dit. Et j'ai survécu de longs mois dans les districts de transit. On apprend vite à s'y débrouiller.

— Dieu soit loué, nous sommes au bout de nos peines, soupira Josh.

— Con et béat, le mec! Dieu! Le grand enfoiré en personne...

Après les contrôles d'usage, tous automatiques, le Combi accéda à la rampe desservant la place Sénèque par un monte-charge poussif, l'un des premiers à avoir fonctionné aux énergies de substitution. Par chance, il n'y avait pas âme qui vive au troisième *level*, excepté un couple de vieux Mauritaniens trop occupés à charger dans une Lada agonisante leurs achats du jour pour prêter attention à Josh et Myrna.

— Où que tu loges?

Josh ne répondit pas tout de suite. A présent qu'ils se retrouvaient face à face, Josh jaugeait Myrna et s'apercevait de son erreur. Myrna était loin d'être le monstre qu'il avait cru voir à travers le viseur de la caméra. Certes, elle pesait son poids. Mais, outre que son visage faisait penser à la fée Clochette, son corps, pour volumineux qu'il fut, virevoltait avec une hardiesse lascive, tout à fait stupéfiante. Elle portait une robe à fleurs et des chaussures à talons hauts, ce qui tenait du prodige. Un modèle pour Cézanne, se dit Josh qui se promit de les présenter l'un à l'autre.

— Revue de détail terminée? dit sur un ton de défi Myrna.

— Pardonne-moi, je suis stupide.

— J'ai l'habitude, l'excusa Myrna, en sortant du Combi un gros sac de voyage qui, lorsqu'elle le fit passer à son épaule, parut peser trois fois rien, alors qu'il était plein.

— Suis-moi, Myrna.

— Et que veux-tu que je foute d'autre ? T'as jamais la bonne réplique.

— C'est vrai, on me reproche souvent de manquer d'à-propos, constata Josh.

— Et ça, c'est quoi ?

— Une porte dérobée... comme dans les romans de cape et d'épée.

— Parle-moi plutôt des films de répliquants et de faucheurs. Les machins à costumes historiques, ça m'éclate pas du tout.

— La prochaine fois, promis, juré, je repeindrai le décor.

— Y a intérêt !

La porte dérobée, qui ne comportait pas moins de trois protections, donnait sur un long couloir, entièrement carrelé de céramique blanche.

— Minute, Josh. Tu m'emmènes pas dans un hosto, hein ?

— Pourquoi dis-tu ça ? A cause des carreaux ?... Mais, non, c'est un reste du couloir de la brasserie, quand il y avait encore des toilettes à l'étage.

— Répète un peu voir... Des toilettes ! Tu loges quand même pas dans des gogues ? s'esclaffa Myrna.

— Je loge où je peux.

— Ce qui veut dire ?

En guise de réponse, Josh ouvrit une deuxième porte.

— Quatre serrures, cette fois ! Tu te protèges de qui ?

— Des infidèles.

Avant d'appuyer sur l'interrupteur, Josh prit garde de bien reverrouiller la porte. La surprise de Myrna fut à la mesure de la pièce où ils venaient de pénétrer. Des postes de télévision, de tous formats, de toutes marques, s'empilaient jusqu'au plafond. Pour la plupart, ils marchaient encore, puisqu'ils s'allumèrent en même temps que le tube de néon, qui éclaira la scène d'une lumière glauque.

— T'es collectionneur? Ou t'es voleur? fit Myrna.
— Qui sait?
— Arrête-les, merde. Je déteste ça.
— Impossible, ils sont couplés à l'éclairage. La seule chose que je puisse faire pour t'être agréable, c'est de couper le son.
— Hésite pas, coupe-le.
— Exécution.
— Tu vis donc là?
— Là, et à côté, dit Josh en faisant un geste vague de la main.
— Alors, passons vite à côté.

La pièce contiguë était l'ancien urinoir des hommes, et Josh y avait installé un autel et des images pieuses.

— Toi, t'es encore plus frappé que moi, affirma Myrna.
— Ne remarques-tu rien d'autre?
— *Ass hole*... Evidemment, y a pas de fenêtres.
— Ni là ni ailleurs.
— Un quatre étoiles, putain, la veine!

Les toilettes pour femmes avaient été reconverties en chambre-cuisine, et enfin, dans la dernière partie de l'antre, on avait transformé les lavabos communs aux deux sexes en salle de bains à la japonaise, avec baignoire à même le sol.

— Tu as fait ça tout seul?

— Non. C'est le fils de Mado...

— Qui c'est, Mado ? Ta suceuse... ?

— Mado s'occupait des toilettes quand la brasserie était encore ouverte. Et c'est son fils, un architecte, qui a tout aménagé.

— Il tournait pas franchement rond dans sa tête, celui-là !

— Le maire a eu le même avis que toi. Il l'a fait enfermer dans un centre d'amélioration ponctuelle.

— Pour quel motif ?

— Il avait trouvé le moyen d'insonoriser le stadium.

— Le givré, s'écria Myrna.

— Toi et le maire, vous formeriez une équipe gagnante...

Tout à coup, une sirène d'alarme hulula. Brièvement, mais suffisamment pour que Myrna soit saisie, contre toute attente, d'un tremblement irrépressible. En d'autres circonstances, Josh l'aurait peut-être consolée en la serrant contre lui, mais, imaginant quelque nouvelle ruse déroutante, il se tint à distance. Et se contenta de lui dire, sur un ton qu'il voulut enjoué :

— Ne t'inquiète pas, c'est un code. Mado m'avertit qu'elle arrive. En dehors d'elle, nul ne sait que je suis ici.

En quoi, il se vantait, puisque monsieur Robert avait prétendu le contraire.

Myrna ouvrit un robinet et se rinça la figure, se séchant du mieux qu'elle put avec le bas de sa robe. Telle quelle, elle avait tout d'une petite fille prise en faute.

Josh ressortit de ce qu'il nommait sa chambre pour n'y revenir qu'accompagné de Mado qui poussait devant elle un caddy. Dans ses vêtements de deuil, Mado s'harmonisait parfaitement avec l'ensemble. Mais si son visage n'était que rides, ses yeux, vifs, fureteurs, démentaient son apparente sévérité. Un fort accent du Sud contredisait encore davantage l'idée qu'au premier abord on se faisait d'elle.

— Oula, je dérange ? dit-elle.

— Mais non, Mado, tu ne déranges jamais.

— De toute manière, je ne faisais que passer. Je ne reste pas longtemps.

— Tu vas voir ton fils ?

— Pardi, le pauvre !

— Et c'est pour moi, toutes ces merveilles ? fit Josh en tirant à lui le caddy.

— Figure-toi que je les ai dénichées en faisant le ménage chez la veuve du notaire, tu sais bien celui de la rue des... Avec leurs changements de noms, je m'y perds. Bon, tu vois, le notaire qui s'est suicidé, l'année dernière, pour cette affaire d'héritage ?

— Celui de la rue des Hespérides ?

— Absolument.

— Des cassettes vierges ? Laisse-moi voir... Du 8mm et des VHF. Bon sang, tu me gâtes, Mado.

— Rien n'est trop beau pour le rédempteur.

— Je t'en prie, Mado, pas de grands mots. Je ne suis que poussière...

— Comment ? ... Dites, mademoiselle, vous qui le connaissez, vous trouvez que j'exagère ?

— Pas le moins du monde, chère madame, l'assura Myrna.

Surpris par la formule de politesse autant que par le ton employé, Josh dévisagea Myrna. Décidément, plus personne n'avançait démasqué.

— Je me sauve, je me sauve, mes enfants.

— Merci, un grand merci, Mado, et embrasse ton fils pour moi.

— Le pauvre, il n'arrête pas de noircir du papier et d'inventer des choses que je me demande où il va les chercher. Voilà-t-il pas maintenant qu'il veut proposer au maire d'abattre les tours du port pour y construire à la place un village camerounais.

— Quelle magnifique idée! Nous sommes tous des enfants de l'Afrique, opina Myrna.

A peine Mado fut-elle sortie que Josh pria Myrna de s'expliquer, s'attirant une réponse bien dans sa manière :

— aboule tes clopes, qu'on en grille une!

— Tu as raison, fumons.

— On s'emballe pas, hein? A chacun sa musique, affirma Myrna.

— Ce qui signifie?

— Simple, très simple. Toi, tu vas faire mumuse avec tes cassettes, et moi je me prends le méga bain.

— Liberté de programme, alors?

— *Right, mother fucker*.

— Avec toi, je vais faire des progrès en anglais. Mais, attention, à cette heure de la journée, l'eau n'est pas toujours chaude, se marra Josh.

— M'en tape, les bains froids, ça me remet en voix… Et après, on se fait une messe noire, histoire de te faire reluire le manche à…

— Faisons un pacte tous les deux. Tu n'empiètes pas sur mon territoire, et je fais de même.

— *Too late*, tu y es sur mon territoire, dit Myrna en le regardant droit dans les yeux.

— Et ça n'a pas l'air de beaucoup t'inquiéter.

— Je t'ai prévenu. Sur la peur, Josh, je suis imbattable.

— Sauf lorsque les sirènes hurlent, remarqua sèchement Josh.

— T'es con, vraiment con. J'ai été prise à contre-pied. Et puis, ça m'a permis d'évacuer.

— Tu as réponse à tout.

— Et si je t'arrachais les yeux ?

— Nous sommes tous des dissous en puissance.

— C'est un disque que j'ai déjà entendu.

— Tu l'entendras encore.

— Si je veux !

— Les serviettes sont rangées dans ce placard. Je te préviens, ce n'est pas le grand luxe.

— Casse-toi, va enregistrer tes merdes.

— Il n'y a plus rien à enregistrer, dit tristement Josh.

— Alors, là, mec, tu débringues. Sur le *Channel* 12, à midi, ils diffusent mon émission préférée.

— Je croyais que tu ne regardais pas la télé.

— Te goure pas, je regarde pas la télé, je regarde que cette émission... *Mémoires d'assassins*, qu'elle s'appelle.

— Je te l'enregistre, mais à condition qu'ensuite on l'efface.

— Tu gardes pas les trucs ? s'étonna Myrna.

— Je regarde, je ne garde pas. J'efface... Aucune trace du passé.

— Et la mémoire ?

Mais Josh était déjà reparti vers ses téléviseurs. La mémoire, il n'allait tout de même pas en discuter avec elle, c'était Dieu. Plus la mémoire s'unissait à Lui, et plus les connaissances distinctes qu'elle avait s'affaiblissaient, jusqu'à ce qu'elles se perdent complètement. Car alors la mémoire était parvenue à l'état même d'union.

Se débarrassant de sa robe qu'elle jeta en boule dans un coin de la salle de bains, Myrna fit couler l'eau, tout juste tiède, dans l'espèce de vasque qui tenait lieu de baignoire, et se mit à chanter en russe une vieille rengaine des fifties. Où il était question du pape, de Mao et de divisions blindées. A chacun sa musique.

5

Josh ni ne la vit, ni ne l'entendit venir. Le casque du walkman l'isolait du monde. Il écoutait la bande son d'un thriller que Cézanne avait dérobé dans la collection privée de l'hôpital psychiatrique.

La jeune femme avait changé de tenue. Plus de robe à fleurs ni d'escarpins. A la place, un boubou multicolore et des sandalettes de cuir tressé. Josh la laissa farfouiller dans son amoncellement de téléviseurs, car, à tout prendre, il préférait les dialogues *hard* du film à l'inévitable confrontation. Où, parce qu'ils se mentiraient l'un à l'autre, les mots s'enchaîneraient sans que le mystère se dissipe.

Avisant un récepteur dépourvu d'écran, mais que Josh conservait à cause de la marque, une rareté datant des débuts de l'ère médiatique, Myrna le posa sur une pile de magnétoscopes d'un format inhabituel. Puis, elle tira à elle un grand écran sur lequel elle s'assit. Derrière le cadre vide, elle ressemblait à l'une de ces speakerines dont se moquaient à longueur d'émission les vérificateurs de sens. Le film se termina sur une *unhappy end*, bien dans la tradition de la RKO. Josh ôta son casque et se réinséra dans la vie supposée réelle. Myrna n'attendait que ça.

— Je présume, dit-elle d'une voix douce, que le moment est venu...

Josh l'encouragea de la main.

— Je vais donc te raconter mon histoire. Logiquement, le noir et blanc conviendrait mieux que cette tunique bariolée. Oublie, tu dois oublier les couleurs, tu dois fermer les yeux et... te laisser emporter.

Le scénario déborda les limites autorisées. Pendant plus d'une heure, Myrna parla, et pas une fois Josh ne l'interrompit. Quand elle marquait un temps d'arrêt, comme si les mots lui manquaient, alors qu'il n'en était rien, Josh continuait d'écouter. Le silence lui permettait de reprendre son souffle, voilà tout.

Myrna insista d'abord sur sa petite enfance. Elle n'avait pas toujours été aussi grosse, ni aussi démunie. Elle se souvenait d'une époque chérie où tout un chacun l'admirait...

« Mes parents satisfont le moindre de mes désirs, ils me couvrent de cadeaux, je n'ai qu'à demander.

« Dès l'âge de cinq ans, ils m'inscrivent dans le meilleur cours de danse d'Australie. Une année durant, ma... gracilité, ma joliesse me valent encouragements et compliments. Le professeur, une Roumaine qui a fui son pays dans les premiers jours de la guerre, ne tarit pas d'éloges à mon sujet. J'irai loin, très loin, à condition de travailler sans relâche. Et à condition aussi de dédaigner toutes ces sucreries qui gâtent tant de débuts prometteurs. Obéissante, et désireuse de ne décevoir ni mon professeur, ni ma mère qui a dû, par manque de souplesse naturelle, renoncer à la danse classique, je consens à tous les sacrifices.

« N'empêche qu'un certain jour de juillet, la balance sur

laquelle je passe matin et soir, accuse un excédent de deux cents grammes. Le lendemain, on me prive de petit-déjeuner et de dîner, et à la barre je me dépense sans compter. Or, lorsqu'on me repèse, j'ai de nouveau pris cent grammes. En un mois, je grossis de trois kilos. Tout à la fois folle de rage et convaincue que je lui cache quelque chose, ma mère me fait espionner par les deux femmes de chambre. Lesquelles, au lieu de compatir et de m'aider, se vengent sur moi du sort qui est le leur dans cette grande maison des bords du Pacifique. Tout m'est refusé, tout m'est interdit, les caresses comme les calories. Il arrive même qu'on me batte pour m'avoir surprise en train de grignoter un reste de pomme, trouvé dans la poubelle. Maudite balance dont l'aiguille, impavide, ne cesse de grimper. Mon père... »

Ce fut la première interruption. Le visage brusquement durci, Myrna sortit du cadre et arracha des mains de Josh le paquet d'américaines, déjà largement entamé. Mais avant d'allumer sa cigarette, la jeune femme caressa le front de Josh qui ne se déroba pas. « Pardonne-moi », murmura-t-elle.

Elle reprit sa place et son récit.

« Mon père est un médecin de grand renom, j'ai oublié de te le préciser. Un chirurgien que l'on s'arrache d'un hémisphère à l'autre. Sa spécialité, que je découvrirai plus tard car l'enfant que j'étais se laissait conduire par les événements sans chercher, sans pouvoir les comprendre, sa spécialité donc, ce sont les greffes. Pour moi qui l'admire, qui le vénère, il n'est que le grand magicien. Toujours de blanc vêtu, toujours attentif, il me fascine, et ses longues mains, d'un rose délicat, me sont comme un refuge suave. A la maison, les domestiques, il y en a une dizaine, l'appellent Professeur et lui obéissent au doigt et à l'œil. J'ignore alors que certains de ses confrères l'ont baptisé "le boucher". Il me faudra attendre longtemps avant d'admettre qu'il mérite ce surnom.

« Voici maintenant sa biographie telle qu'on devrait l'écrire. C'est à Boston que ce fils de mineur gallois, émigré aux Etats-Unis durant la Grande Dépression, termine ses études de chirurgie. De son père, il a hérité la ténacité et une force musculaire inouïe, et de sa mère, une Turinoise, ses convictions progressistes. Si bien qu'il soutient sa thèse la semaine même où il adhère au Parti communiste. En 1954, il participe à la première greffe rénale sur des jumeaux. La presse le projette, ainsi que son patron, sur le devant de la scène, ce qui attire l'attention du Comité des activités anti-américaines sur lui, le Rouge. La chasse aux sorcières bat son plein. Chacun dénonce son voisin, et rares sont les intrépides. Plutôt que d'avoir à répondre de ses opinions, mon père choisit de s'embarquer pour l'Australie. Il y épouse ma mère, un an plus tard. Cette Ecossaise pur sang lui donne début mars 56 un fils, mon frère aîné, Peter. Mon seul frère, d'ailleurs. Souviens-toi de son nom, Peter, et déteste-le autant que je le déteste.

« En novembre de la même année, les Russes répriment l'insurrection hongroise. Ne le supportant pas, mon père démissionne du PC australien dont il est membre depuis son arrivée à Sydney. Comme tant d'autres, il aurait pu s'éclipser sur la pointe des pieds. Mais lui rompt spectaculairement. Les grands quotidiens lui dressent des lauriers, et l'ambassade des Etats-Unis lui fait savoir que, s'il souhaite rentrer au pays, on l'accueillera en fanfare.

« Curieusement, il refuse et opte pour la nationalité australienne. A l'époque, il n'a pas encore ouvert sa clinique, je devrais dire ses cliniques, et à l'hôpital on l'admire pour son savoir-faire et pour le soin qu'il apporte à s'occuper de ses patients les plus pauvres. Il est le bon docteur, toujours disponible quand on a besoin de lui. Ce qui ne l'empêche pas de voyager outre-mer, et de plus en plus fréquemment.

«En 1967, il assiste Barnard en Afrique du Sud, et devient l'un des spécialistes incontestés de la greffe du cœur. Sans en tirer grand profit pour autant. Certes, mes parents ont quitté les faubourgs de Sydney pour s'établir en plein centre, mais ils sont loin de pouvoir acquérir la maison où je vais naître. Jusqu'à fin 69, mon père ne cesse d'effectuer des aller retour entre l'Australie et le Brésil, et chaque fois qu'il réintègre l'hôpital, son compte en banque s'enfle un peu plus.

«Ma mère accouche de moi en février 1970. Je suis l'enfant qu'elle attendait. Qu'elle espérait. L'ultime. Celle qui réalisera ses rêves avortés. Mon père, lui, continue de s'enrichir, et pourtant il opère de moins en moins. Il manque de temps. La gestion de la clinique, qu'il vient de créer, l'accapare chaque jour davantage. Mais je l'aime, et il m'adore. Peter, mon frère, en souffre mais ne s'en plaint pas, et la vie de rêve continue jusqu'à ce jour de juillet...»

Un ange passa. Ange déchu, probablement, et Josh tendit à travers le cadre vide son paquet de cigarettes à Myrna. Qui le remercia d'une grimace douloureuse. Au même moment, les différents journaux télévisés de la Communauté démarrèrent sur les écrans silencieux, et l'image de Myrna fut partout. Ils doivent, pensa Josh, diffuser un avis de recherche avec prime à l'appui.

« Néanmoins, il y a une justice ! Lorsqu'ils décident de m'enfermer dans un établissement spécialisé dans l'amaigrissement, mon père perd soudainement l'usage de ses mains. Arthrite foudroyante. Lui-même, matérialiste convaincu à ce qu'il prétend, y voit un signe du destin. Et à compter de cette date, il me raye du royaume des vivants. Je n'existe plus, et ma mère ne tarde pas à l'imiter quand elle apprend que, malgré une multitude de régimes, plus draconiens les uns que les autres, je ne cesse d'enfler. La vilaine petite fille !

« En 79, on me transfère dans un institut pour enfants anormaux, les laissés-pour-compte de la *jet society*, d'où je ne dois pas ressortir vivante. Mais je m'accroche, les années défilent, et à 13 ans je me suis tapée tout le personnel de l'institut, hommes ou femmes indifféremment. Je baise, je suis baisée, et je bouffe. Ma réputation dépasse les murs de ce mouroir. Une nuit, déjouant les systèmes de sécurité, une sorte de clochard parvient à pénétrer dans ma cellule. Puisqu'il est pour venu pour ça, j'écarte les cuisses, et le voilà qui s'enflamme pour moi. Il se dit capable de me faire évader, et il y parvient. Deux années de liberté, et pourtant ce mec est une brute. Il ne se lave jamais, il boit comme un trou et il me bat souvent. Mais, bon point, il n'essaye pas de me changer.

« Un jour, on sort de notre désert et on descend jusqu'à Perth, sur l'océan Indien. Et là, dans un bar, en regardant la télé, je découvre que ma famille est l'une des plus riches du pays. Or, quand à l'institut je réclamais de leurs nouvelles, on me répondait qu'ils étaient morts dans un accident d'avion. Je me précipite sur le téléphone. Les renseignements me communiquent leur numéro. Je les appelle, et je tombe sur ma mère. Ni cris de bonheur, ni larmes de soulagement, rien que la froideur absolue. Ma mère demande : Tu as maigri ? Je réponds : Non. Elle raccroche. Depuis ce jour, je déteste la télé. Reste que j'ai commis une erreur, je me suis montrée en ville. Et une fille de mon gabarit ne passe pas inaperçue. Les privés, que ma famille a lancé à mes trousses, finissent par me retrouver par l'intermédiaire du patron du bar. Coups de poing, coups de pied, mon mec est trop saoul pour me défendre. Je succombe, je m'évanouis.

« Quand je reprends conscience, je suis dans un avion, attachée à mon fauteuil. Un inconnu en blouse blanche me sourit. Je le supplie de me libérer, il tend une main vers moi et, de l'autre, il m'injecte une nouvelle dose d'hypnotique.

Mon père, qui a – le soupçonnerait-on ? – ses entrées chez les Popof m'a expédiée à Leningrad. Hôpital psychiatrique pour déviants idéologiques. Gorbatchev a beau prendre le pouvoir, les méthodes ne s'améliorent pas. Bains bouillants – tu comprends pourquoi je supporte si bien l'eau froide –, chimiothérapie de choc et diète prolongée. Je commence à dégonfler. La médecin-chef, une Géorgienne longiligne et osseuse, triomphe : sa méthode fonctionne.

« Or je m'aperçois que je maigris quand je le désire, quand ça se passe dans ma tête. Et maintenant que je rends responsable ma famille de l'enfer que je vis, je n'ai plus qu'une obsession : les détruire. Fin 87, je pèse soixante-trois kilos. Miracle, la médecin-chef me propose une sortie en voiture dans Leningrad enneigée. On s'arrête sur les bords de la Neva, le chauffeur descend pisser et j'étrangle sa patronne. Mon premier cadavre... »

« Je t'épouvante, n'est-ce pas ? » Josh secoua la tête. Négativement. Si vous condamnez, vous ne comprendrez pas.

Il est donc clair que la foi est une nuit obscure, et c'est ainsi qu'elle l'éclaire. Dixit saint Jean de la Croix. Revu et corrigé par Joseph-Benoît Blandin.

« Le pire est à venir… En moins d'une semaine, je parviens à franchir la frontière polonaise. Te dire comment te répugnerait. Et cette fois, ne proteste pas, tu n'es pas aussi indifférent, aussi blindé que tu essaies de le laisser croire. Bref, à Gdansk je m'embarque en douce sur un cargot en partance pour Hambourg. Je reprends du poids, mais les Allemands les aiment bien enveloppées, et j'ai beaucoup de succès quand je décide de me prostituer. Je te passe de nouveau les détails et j'en arrive à Gerda. Elle enseigne la philosophie post-hégélienne à l'université, et elle me paye très cher pour que je lui rende compte des pratiques de mes clients. Elle écrit un livre sur les perversions sociales, prétend-elle. En réalité, elle crève d'amour pour moi. Grâce à elle, je découvre plein de choses que j'ignorais : la maîtrise du corps, les *grünen*, Freud, et les tartes au fromage blanc. Je pèse près de quatre-vingts kilos lorsqu'une nuit, alors que je rejoins Gerda chez elle, les jumeaux Schneider, qui m'y attendent, tentent de m'enlever. Je réussis quand même à leur échapper. Les ordures, ils se vengent sur Gerda et la découpent en morceaux. Tous les journaux en parlent.

« C'est d'ailleurs en lisant un de ces journaux que j'apprends, avec six mois de retard, le décès de ma mère. Suicide, d'après la police australienne, mais un suicide des plus étranges pour le signataire de l'article. De nouveau, les chiffres dansent devant mes yeux. On estime la fortune de mon père à plusieurs dizaines de milliards. En dollars, bien sûr. Ce qui alimente les rumeurs. Par exemple, sur l'origine des transplants que ses cliniques utilisent lors des greffes. Ou encore, sur la nationalité de ses donneurs.

« Lorsque j'en parle aux membres de ma bande, car, entre-temps, j'ai monté, à partir de trois aéroports internationaux, un réseau de faux papiers, ils se moquent de moi. Si je suis si riche, pourquoi est-ce que je n'en croque pas ? Les faux papiers ne me rapportent que de quoi assurer l'ordinaire. Ce trafic, c'est l'application des théories de Gerda. Les déshérités doivent pouvoir s'asseoir au banquet de la vie, et notre devoir est de les y aider. Mes complices le font plutôt pour le fric. Mais, comme je dis souvent, à chacun sa musique. Josh, je t'en prie, ne me perds pas. Je sais que mon récit part dans tous les sens, et je devine les questions que tu te poses... »

Pas davantage que les autres fois, Josh ne broncha. Il attendait, confiant, et il pressentait que si Myrna faisait semblant de se perdre dans les méandres de son existence, c'est qu'elle redoutait de se rapprocher du cœur des ténèbres.

« Tu te demandes certainement où sont passés les Schneider. Patience, les revoilà ! Par les relations qu'ils entretiennent avec la plupart des polices du Continent, ils ont appris l'existence aux confins de la capitale d'une bande de black-beurs qui ont pour chef une blanche. Et qu'importe que je ne corresponde plus physiquement à l'image qu'ils ont eue de moi à Hambourg. Car la haine me rebrûle, et les graisses inutiles fondent comme neige au soleil. Je suis redevenue mince, enfin presque, et j'ai coupé et teint mes cheveux. Il n'empêche que la piste les intéresse. Qu'ils la suivent. Et qu'ils parviennent jusque dans notre squat, quelque part sur l'ancienne ceinture rouge.

« Nous aussi, on a des indics et on les a vus venir. On déguerpit en quatrième vitesse. Je passe en Angleterre, où un industriel brésilien, qui s'est entiché de moi, m'offre un billet pour Sao Paulo. Et c'est là-bas... oui, là-bas, que je touche enfin du doigt le grand secret. Le secret de la réussite de mon père, le fameux Douglas Kinnock.

« Chaque jour, à Sao Paulo, on enlève et on assassine des enfants. Les enfants de la misère, ceux dont personne ne veut, ni leurs familles, ni l'Etat. Les escadrons de la mort, tu connais ? En général, ce sont des militaires, et même des flics, qui prétendent nettoyer la ville de cette lèpre que constitue le spectacle de ces milliers de sans-abri, faibles et impuissants devant un monde d'adultes impitoyables. Eh bien, sais-tu ce que mon cher père, le grand magicien, l'ancien communiste, le docteur des pauvres, a mis sur pied à travers le Brésil tout entier ? Le sais-tu ? ... Cette crapule a organisé la récupération massive des organes essentiels sur les cadavres des enfants assassinés. De quoi retaper vite fait tous les héritiers agonisants de l'autre bord. Cœur, foie, reins, iris, tout part pour les pays riches. Oui, c'est là-dessus que mon père a bâti sa fortune. »

Pour le coup, Josh décida de ne plus respecter les règles de la confession.

— Quand l'as-tu découvert, Myrna ?
— Ça remonte à tout juste huit mois.
— Et pourquoi es-tu revenue en Europe ?
— Les escadrons de la mort m'ont prise en chasse. Un matin, j'ai reçu par la poste un sinistre colis. Dedans, il y

avait toute une série de photos de moi, très agrandies, et sur lesquelles on avait entouré à l'encre rouge, tantôt les yeux, tantôt le cœur. Plus...

— Plus quoi? interrogea anxieusement Josh.

— Plus une poignée d'os.

— Des os?

— La lettre d'avertissement qui accompagnait l'envoi précisait qu'il s'agissait des os d'un jeune enfant.

— Dieu, quelle horreur!

— Au Brésil, l'assassinat est un jeu. Ce sont des psychopathes, dit Myrna. Ils ne reculent devant rien... J'ai volé à mon industriel de quoi repasser l'océan, et j'ai filé vers le Sud.

— Que te voulait Karl Schneider quand il t'a rejointe dans ta chambre?

— Me faire signer une série de papiers par lesquels je déclarais renoncer à mes droits sur l'entreprise familiale.

— Il aurait été plus simple qu'il te liquide, remarqua Josh.

— La situation n'est plus la même qu'à Hambourg. Depuis, j'ai rencontré Robert, et je lui ai déballé toute l'affaire... Il a pris contact avec mon père.

— Robert mêlé à ton histoire, on nage en plein délire.

— Mais toi, ce Robert, d'où le connais-tu?

— Un ami de mon père. Pour autant que je m'en souvienne, il a servi au 11e choc.

— C'est quoi, le 11e choc?

— Un bataillon parachutiste au service du contre-espionnage, dans les années 50-60. Je pense aussi que mon père a quelque peu fricoté avec eux.

— C'est quel genre, ton père?

— Mon père... Le genre preux chevalier, défense de l'Occident et tout le bastringue. De la marchandise avariée par les temps qui courent.

— En tout cas, Robert ne manque pas d'efficacité, malgré son handicap, affirma Myrna.
— Les terroristes ont perdu la main... hélas !
— Tu le crains ?
— Je le craignais. A présent, il n'y a que Satan qui...
— Franchement, tu crois à toutes ces...
— Merci de ne pas préciser.
— Je donnerais dix Robert pour un Schneider.
— Dans son fauteuil roulant, il a tout d'un personnage de feuilleton qu'on repassait souvent il y a une dizaine d'années. Mais on s'égare, revenons à ta famille, et au meurtre de Karl Schneider.
— Je suis fatiguée, dit Myrna.
— Et moi ? Je n'ai même pas dormi trois heures cette nuit... Pourquoi m'as-tu dit que Robert occupait la chambre 111 ?
— C'était convenu entre nous. Il me précédait, il a dû arriver à l'hôtel au milieu de l'après-midi.
— Pourtant, son nom ne figurait pas sur le listing des chambres !
— Robert n'est pas un citoyen ordinaire, ne l'oublie pas.
— Mais j'ai quand même bien vu Meyrat y pénétrer, dans cette chambre. Se pourrait-il qu'ils soient en cheville ?
— Qui est ce Meyrat ?
— Un inspecteur de la police municipale. Son chef véritable, d'ailleurs. Le méchant intégral. Dans les cités, les kids l'appellent Vampirax.
— Josh, je suis fatiguée et j'ai faim, soupira Myrna.
— D'accord. Je vais descendre nous acheter quelque chose.
— Tu vas me laisser seule ?
— Bien obligé. Les télés ont diffusé ton signalement.
— Saloperie !

— Tu m'avais pourtant assuré que tu n'avais jamais peur.
— A condition que je contrôle la situation... As-tu une arme ?
— Armé jusqu'aux dents que nous sommes, dit Josh avec un mauvais sourire.

Fouillant dans les poches intérieures de sa vareuse, Josh en sortit le crucifix. Myrna ne put qu'éclater de rire.

— Pourquoi pas une gousse d'ail, tant qu'on y est ?

Josh caressa du pouce la tête du Christ. Un déclic s'ensuivit, le cran d'arrêt libéra une lame effilée, menaçante.

— *My God!*
— Une seule étincelle suffit pour allumer un grand feu.
— Prends-moi des fruits.
— Renouerais-tu avec la haine ? dit Josh.
— La haine, elle ne me quitte plus.
— Bien, des fruits... Et quoi encore ?
— De l'eau, beaucoup d'eau.
— Régime jockey, alors ?
— Régime amazone, plutôt.
— Que ta volonté soit faite.

6

Où qu'il se transportât, le maire plaidait inlassablement sa cause. Convaincu par un entourage servile que la Communauté lui reconnaîtrait ses talents de bâtisseur des temps modernes, il avait d'abord guigné la Délégation générale des Arts. Mais depuis le jour où sa fatuité l'avait poussé à défier son principal concurrent dans l'Euro Test des Connaissances, et qu'il s'était fait ridiculiser par Rome pour avoir confondu Gregorio de Ferrari, peintre gênois du XVIIIe, avec le bolide de sa nièce, il avait rabattu de ses ambitions. Un poste au Conseil des Provinces lui aurait suffi. Or, là encore, il se heurtait à l'hostilité de la Saintonge et de la Guyenne qui ne lui pardonnaient pas son mépris de l'art roman.

Rien que dans sa ville – car il fut un temps administrateur départemental –, il avait fait bétonner tout ce qui datait d'avant 1930. Pourquoi cette date sinon parce que, né cette année-là, il considérait que l'avenir commençait avec lui ?

Le psychanalyste, auteur de cette aimable hypothèse, avait aussitôt après subi d'incessants contrôles fiscaux, si ruineux qu'il s'était reconverti dans l'enseignement de la télématique, le pire des métiers.

Pour finir, c'est la femme du maire qui avait poussé son époux à se remettre aux humanités, d'où cette mode envahissante des noms latins et grecs. Qui acheva de le ridiculiser aux yeux du clan cosmopolite. Cela posé, le vandale ne faisait rire que sous cape, car, à la suite de la restructuration des armées anciennement nationales, il avait hérité dans son port de haute mer des restes de la plupart des flottes de guerre de la Communauté. Un fâcheux certes, murmurait-on au présidium, mais un fâcheux dangereux, d'autant que ses liens avec le Grand Condottiere étaient un secret de Polichinelle.

Moyennant quoi, la chapelle où Josh se rendit, en sortant de chez lui, reposait par trente mètres de fond, dans l'ultime sous-sol d'un ensemble de bureaux après s'être, au fil des siècles, gorgée de soleil. Et il fallait avoir la foi chevillée au corps pour vouloir descendre y prier, d'autant qu'aucun *lift* la desservait. Le maire avait coutume de dire, en riant lui-même de sa plaisanterie, qu'une messe valait bien une entorse, tant les escaliers étaient étroits et sombres.

Personne. Il n'y avait personne dans la chapelle. Ni touristes ni fidèles. Le désert intégral. Josh s'agenouilla et commença de réciter le cantique au frère soleil. Sa voix s'enfla au fur et à mesure, et le chuchotement du début se mua bientôt en joyeux rugissement.

Loué sois-tu, Mon Seigneur, pour notre sœur, la mort corporelle, à qui nul homme vivant ne peut échapper.

Malheur à ceux qui meurent en péché mortel, bienheureux ceux qui se trouveront dans tes très saintes volontés, car l'enfer ne leur fera point de mal.

A présent, comme il se l'était promis durant la nuit, Josh devait se flageller pour expier ses mauvaises pensées. Il déroula lentement le chat à neuf queues qu'il avait pris soin d'emporter, et après avoir constaté qu'il était toujours seul dans la chapelle, il enleva son Tshirt et entreprit de se punir. Ce fut rapide, violent. Josh ne chercha pas à s'épargner. Sa résistance à la douleur étonnait plus d'un frère au monastère, et d'aucuns, parmi eux, en étaient arrivés à conclure qu'il y prenait du plaisir.

— Quelle ardeur! Depuis Séville, je n'avais jamais vu ça...

Tel un fauve forcé dans sa tanière, Josh se retourna, les yeux fiévreux et fulgurants. Mais aussitôt il baissa la tête. En face de lui, se tenait, souveraine, la femme du maire. Une brune étirée, mélange de résine et d'albâtre, de trente ans plus jeune que son époux, et que le cardinal citait en exemple malgré son inconduite notoire.

— Vous saignez! dit-elle.

Josh porta sa main à l'épaule et se recula d'un pas.

— Laissez-moi faire, j'ai des doigts de fée.

La femme du maire défit le foulard de soie qu'elle portait sur la tête et se rapprocha de Josh, avec une mine gourmande.

— Le sang ne peut être lavé que par Dieu lui-même... ou par l'un de ses serviteurs, gronda Josh.

— Vanité!... Vous êtes vaniteux, monsieur, et notre religion se défie des hommes tels que vous.

— Je ne parle qu'à Dieu, ou de Dieu, marmonna Josh, en repoussant la femme du maire qui se trouvait maintenant au contact avec lui.

— Vanité, vanité...

— A quoi jouez-vous? interrogea-t-il.

— Au jeu d'Adam et Eve... et du galant serpent. Je n'ai jamais fait ça dans une église, et vous?

— Vous me faites horreur.

— Du calme! Moi, je ne vous accuse pas de masochisme.

— Laissez-moi en paix.

— Soit, mais vous y perdez.

— Que venez-vous faire dans un tel lieu ?

— Je viens chercher le pardon de mes péchés... De mes péchés véniels, bien entendu.

— Comment osez-vous ? s'écria Josh.

— Jésus préférait les voluptueuses aux vertueuses, ne l'oubliez pas.

— Je vous plains.

— C'est à moi de vous plaindre, car, dès cet instant, je ne vais plus vous lâcher, et, tôt ou tard, vous succomberez.

— Qui donc croyez-vous être ?

— Une femme qui ne recule devant aucun obstacle et qui obtient ce qu'elle désire.

— Devant moi, malheureuse, vous reculerez !

— Mon Dieu, qu'il est amusant... je n'ai qu'un mot à dire, et l'on vous arrête.

— Et pour quel motif ?

— Pour tentative de viol sur la personne d'une honnête citoyenne, bien sûr.

— Vous voyez des témoins ? Nous sommes seuls.

— Ai-je besoin de témoins ? Je ne le pense pas, et d'ailleurs je me suis défendue contre vos assauts, et, regardez, vous en portez les marques.

Et sans qu'il ait pu esquisser le moindre geste de défense, la femme du maire le griffa au visage.

— En voilà des preuves, non ?

— Vous êtes malade, fit Josh en regardant ses ongles couverts de sang,

— Ai-je prétendu le contraire ?

— Ça suffit, je m'en vais, je sors, et ne tentez pas de m'en empêcher.

— Me frapperiez-vous ? Un chrétien ne doit-il pas tendre l'autre joue ? se moqua-t-elle.

— Ô Seigneur, aide-moi à pourfendre l'impie.

— Superbe, vous êtes superbe. On en mangerait... Ah ! vous avez de la chance, je suis venue seule... Un autre jour, et ce jour, fatalement, viendra, je lâcherai sur vous mes chiens.

— Des chiens !... Ils ne me feront pas grand mal. Les chiens sont mes amis. Mes frères, affirma Josh.

— Ce n'était qu'une image. Mes chiens n'aboyent pas, ils sont comme vous et moi, des humains, mais des humains disciplinés, obéissants, qui ne mordent jamais leur maître... Eh bien, remettez votre Tshirt et partez, je voudrais prier, et... dans ce cas-là je supporte mal la compagnie.

— Que Dieu vous pardonne.

Décidément, les mauvaises surprises se succédaient comme dans un cauchemar, quand un monstre chasse l'autre. Alors que Josh pesait ses cerises, des Burlat garanties sans sulfate, sur l'une des balances de l'hypermarché, on lui tapa sur l'épaule. C'était Meyrat.

— Des cerises ! Tu permets, j'en prends une, la première de l'année, fit Meyrat en joignant le geste à la parole.

— Ça mérite un vœu.

— Juste... Mais que vais-je pouvoir demander ? Qu'est-ce qui te ferait plaisir ?

— A moi ? Je ne sais pas, marmonna Josh.

— Allons, demande, la maison exauce tous les vœux.

— Demandez l'apocalypse, alors.

— T'es un marrant, Blandin !

— Je n'en ai pas la réputation.

— Fais voir ce que tu as là... T'as été augmenté ? Des fraises, au prix où elles sont. Et des poires, et des pamplemousses. C'est nouveau, cette passion des fruits ?

— C'est une question ?
— A toi d'apprécier.
— On change.
— Personne ne change. Quiconque s'est drogué, se droguera. C'est comme un ver qui vous ronge.
— Vous vous trompez, inspecteur, l'homme change, dit avec force Josh.
— Connerie ! L'homme vieillit, d'accord, son cœur s'use, encore d'accord, mais son caractère demeure identique. C'est inscrit dans les gènes.
— Je le répète, vous vous trompez.
— Passons... En tout cas, merci de ne pas avoir signalé ma présence dans l'hôtel aux investigateurs. Tu comprends, on fait le même boulot, mais on ne cotise pas à la même caisse de retraite.
— Je comprends.
— Puisque tu comprends et que tu comprends si bien, si t'en veux, réclame, j'en ai plein le coffre de la bagnole.
— Je ne marche plus à ce truc-là.
— C'est vrai, on raconte sur le port que tu te shootes aux Evangiles. A d'autres ! Je n'en crois rien. C'est rien qu'une couverture, ta religion. Pas davantage.
— Si vous le dites...
— Tu deviens conciliant. Je t'ai connu plus rétif. Toi, tu me caches quelque chose. Avoue, entre potes, ça se fait ! On est tous dans la même galère.
— Vous avez un mandat, inspecteur ? demanda Josh.
— Qu'est-ce que tu vas encore t'imaginer ? On cause, un point, c'est tout. Et puis, tu sais bien que depuis le vote de La Haye, les municipaux ont reperdu tous leurs droits.
— Le droit ! ... Le droit n'a jamais empêché l'injustice.
— Les grands mots, tout de suite. Mandat, injustice, et

puis quoi encore ? On n'est pas dans un débat contradictoire, merde ! On bavarde.

— Bavardons, puisque vous le désirez, inspecteur.

— Tu peines trop sur ton texte, Blandin. On entend les virgules voler... Je m'améliore question esprit, tu trouves pas ?

— J'applaudirais presque, essaya de plaisanter Josh.

— Je suis sûr que tu n'as pas la conscience tranquille. T'aurais pas viré voleur ?... Remarque, piquer dans un hypermarché, c'est logique... Mais non, où ai-je la tête, tu ne fais pas dans l'étalage, toi... Alors que caches-tu ?

— Rien, je vous le jure.

— Ne jure pas, tu iras en enfer.

— Vous pensez que l'enfer existe, inspecteur ?

— Il n'y a pas pire menteur qu'un curé.

— Je n'en suis pas un, dit Josh.

— Tu ne planquerais pas la grosse, par hasard ?

— Qui ?

— Celle que tu appelles « la baleine »... La poufiasse de la chambre 115. Complicité d'assassinat, ça va chercher loin.

— Qui vous a dit que je l'appelle « la baleine » ? s'étonna Josh.

— Coco, les rapports, on les lit, suffit de savoir se brancher sur l'ordinateur central.

— Vous risquez gros.

— Réponds, où la planques-tu ?

— Nulle part. Si vous avez consulté le compte rendu de mon interrogatoire, vous le savez.

— On peut toujours essayer de traire la vache qui a déjà donné du lait, des fois qu'il lui en resterait.

— C'est beau !

— Je suis poète, que veux-tu? Donc, pas de grosse, et pas de récompense.

— A combien l'a-t-on fixée?

— Un million d'écus.

— Ça vaut la peine de la dénoncer, dit Josh en hochant la tête.

— Si t'as un tuyau, je suis preneur. On fera part à deux.

— Sait-on jamais?

— Bonne nature... Ça, ça me plaît? Tu pourrais d'ailleurs travailler pour moi. Avec ton boulot à l'hôtel, t'en vois sûrement de drôles, non? Tout m'intéresse, même les adultères.

— Je réfléchirai.

— Merde, deux heures, je me tire... Au fait, Robert, c'est une relation à toi?

— Un ami de mon père...

— Un sacré mec. Il m'a formé dans le temps, quand l'avenir nous appartenait.

— Vous en avez eu de la chance!

— Dernière question: tu loges toujours tour des Centaures?

— J'ai déménagé, il y a deux semaines.

— Il ne me semble pas que tu aies signalé ton changement d'adresse...

— Nous sommes des millions dans cette ville, et rien ne pourrait vous échapper? s'exclama Josh.

— C'est simple, coco, j'ai voulu te téléphoner pour te remercier et je suis tombé sur quelqu'un d'autre.

— Je vais faire les démarches nécessaires, promit Josh avec conviction.

— Tu es en retard.

— Je vais le faire.

— Et t'habites où?

— J'ai récupéré le *loft* d'un sculpteur, inventa Josh.
— Rue… ?
— Pas une rue, une impasse. Impasse Héliogabale.
— Qu'il est emmerdant, ce maire, avec son latin !
— Héliogabale, ça vaut bien Dupuytren.
— Le nom de ce sculpteur ?
— Rossi.
— Dès demain, je t'enverrai quelqu'un du service enregistrer les codes d'accès. Comme ça, t'auras pas à te déplacer. Un service en vaut un autre… Dis, tu te rases avec une tondeuse ?
— Non, avec un chat…
— Je déteste les chats, se renfrogna Meyrat, comme je déteste les poissons, surtout ceux du fleuve.
— Il paraît qu'ils meurent tous, fit Josh.
— Bon débarras.
— Que va faire le maire ?
— Se montrer à la télé et… repeupler le fleuve pour ne pas perdre les voix de ces connards de protecteurs de mes deux… Reste que c'est moi qui dois me farcir le sale boulot.
— Tout fout le camp !
— T'excite pas, Blandin. Je te répète : rien ne change.
— Celui qui touche la poix en sera souillé.

Meyrat haussa les épaules et s'éloigna, et Josh, soulagé, se précipita vers la caisse. Dans les couloirs de la cité commerciale où l'on avançait au coude à coude, il prit cependant soin de ne pas se laisser filer. Du temps où il dealait des hallucinos dans le métro, il n'avait pas son pareil pour semer les flics chargés de le suivre. Les réflexes revinrent assez vite, il retrouva tous les gestes adéquats et, après plus d'une vingtaine de minutes qui le rajeunirent d'un siècle, il fonça retrouver Myrna.

Elle lisait un livre qu'elle s'empressa de refermer sitôt que Josh eut claqué la porte. De sorte qu'il n'eut que le temps d'apercevoir le dernier mot du titre... *empiriocriticisme*.

— Ce n'est plus l'heure de se cultiver. On s'en va, aboya Josh.

— Pas si vite, j'ai faim.

— On mangera dans le Combi.

— T'as le feu au cul, ou quoi ?

— C'est pas le feu qu'on a au cul, ce sont les flics.

D'un bond, Myrna se redressa.

— Mais c'est vrai, je me souviens, les gros ont du ressort, se moqua bêtement Josh.

— Crève !

— Une autre fois, à présent on file.

— On reviendra pas ? fit Myrna.

— On ne reviendra pas.

— Et tu laisses ton matos !

— Tu voudrais peut-être que j'appelle un déménageur ?

— Okay, j'ai compris.

— Pas trop tôt... N'oublie pas le crucifix.

— Où que tu l'as eu, ce machin ?

— Un acteur me l'a vendu... Hé, ton sac !

— T'inquiète, j'en ai pour une minute.

— Fonce.

Myrna ne se le fit pas répéter. Profitant de son absence, Josh se rua vers un récepteur dont il démonta, en un éclair, le panneau du fond. Là où d'habitude, on trouvait des lampes et une multitude de fils, il y avait tout un tas de cigarettes qu'il fourra, ainsi que les cassettes vierges, dans une sacoche de moto.

— Je suis *ready*.

— Alors, allons-y.

— Et où on va ?

— Chez Cézanne.

— Le peintre ? s'étonna Myrna.

— Evidemment, le peintre.

— Mais il est mort et enterré depuis une éternité.

— Et la résurrection, tu en fais quoi ?

— Sortez les électros, les raides-dingues sont de retour.

— Tu as le cœur à rire ?

— Décoince. J'ai vu pire.

— Recule.

— Qu'est-ce que tu fais avec ce bidon ? Tu fous le feu à la piaule ?

— Non, j'arrose, ricana Josh.

— Décoince, merde !

— Pousse-toi, je te dis. Tout doit disparaître... Nous sommes des dissous en puissance.

— Que tu dis ! Putain, ça crame vite.

— C'est fait pour.

— *Game over*, dit Myrna.

7

— Manquait plus que ceux-là s'exclama Myrna, en s'immobilisant et en retenant Josh par la manche.

— Des crânes rasés. Neuf chances sur dix pour que ce soit des Natios ! Rassure-toi, on n'est pas du gibier pour eux...

— Tu parles ! Et pourquoi què ces deux-là pissent sur ta caisse ?

— Des gosses, je te dis.

— On parie ?

— Tais-toi et laisse-moi faire, dit d'une voix décidée Josh.

Au total, il y avait autour du Combi cinq Natios, la queue de cortège, sans doute, de la manif du Front. Tous en cuir clouté et en rangers, le Tshirt crasseux lacéré avec art, et l'œil vitreux. Des canettes de bière, quelques-unes brisées, jonchaient le sol. L'un des Natios esquissa un pas en direction de Josh et de Myrna, tout en continuant de faire virevolter, plutôt mollement, un nunchaku. Les pisseurs, après s'être rebraguettés, se saisirent chacun d'une batte de base-ball. Les deux derniers, des jeunots, ne portaient apparemment pas d'armes.

Josh posa à terre sa sacoche de moto et sortit son portefeuille, deux morceaux de cuir en piteux état, qu'il secoua comme pour prouver qu'il était fauché.

— Tes thunes, on s'en tape, grogna le type au nunchaku. On rackette que les bronzés.

— On peut donc se tirer ?

— Hé, pas si vite. Rapport à la braise, t'es okay, mais on est en manque.

— Et on veut se payer sur l'animal, ricana l'un des pisseurs.

— Elle est avec moi.

— Te bile pas, on te la rendra en parfait état de marche, on va te la roder, te la vidanger, c'est tout, c'est pas méchant !

— Elle est avec moi.

— Tu parles comme un feuj, toi. Tout leur appartient à ces suce mégots... Tu l'aurais pas coupée, des fois, parce que sinon, ça craint ! menaça l'un des jeunots.

En pareilles circonstances, comment fallait-il se comporter ? Jadis, son père le lui avait enseigné. Il l'avait même entraîné à se sortir de situations encore plus casse-gueule. Josh était partagé. Déchiré... Au monastère, il avait juré sur les Saintes Ecritures de ne jamais plus recourir à la violence.

— Tu fais tes comptes, miteux ? se marra le type au nunchaku, qui avait encore progressé de quelques pas en leur direction.

— Charge-toi de lui, murmura Myrna à son oreille, je prends les autres.

A peine avait-elle achevé sa phrase qu'elle se rua sur le couple de pisseurs. Agitant son sac comme une masse, elle parvint d'un mouvement circulaire à faire sauter sa batte des mains du premier. Aussitôt, le second vola au secours de son copain. Myrna se fendit à gauche, le laissa s'engouffrer, et, au passage, le frappa de toutes ses forces de son poing fermé dans l'entrejambe. Le type couina comme un porc qu'on saigne, et laissant glisser sa batte, il se recroquevilla sur lui-même.

Tout le temps de cette courte scène, personne n'avait bougé. Des statues de sel, puis ce fut la ruée générale. S'il évita d'extrême justesse le nunchaku, Josh prit en pleine poire un coup de pied qui l'envoya au sol. La tête en feu, il parvint néanmoins à se redresser. Mais un uppercut le réexpédia contre le Combi. Un brouillard rouge l'enveloppa. Il n'avait pas le droit de mourir. Le crucifix, toute lame dehors, jaillit dans sa main. Emporté par son élan, le type au nunchaku vint s'empaler dessus. L'acier acéré lui traversa l'aine, et un flot de sang inonda Josh.

Dans l'intervalle, Myrna s'était emparée d'une batte de base-ball et tenait en respect le reste de la bande. On les sentait divisés. Leur rage était loin d'être retombée.

— Le prochain, je l'égorge, gueula Josh.

— Et moi, je lui arrache les yeux, ajouta Myrna.

La folie changea de camp, et les Natios n'avaient désormais qu'un désir, s'en tirer avec les honneurs de la guerre. Voilà pourquoi le plus jeune brisa d'un coup de poing la glace avant gauche du Combi. D'accord, ils partaient, mais ils n'étaient pas vaincus. Le type au nunchaku perdait beaucoup de sang et deux de ses copains durent l'aider à se déplacer.

— On les a eus, on les a eus, Josh, triompha Myrna. Putain, tu l'as piqué impeccable !

— Ferme-la.

— On a gagné, merde !

— Non, j'ai tout gâché, soupira Josh.

— Tu voulais peut-être qu'ils me violent ? ... D'ailleurs, après ils t'auraient liquidé. Pas de témoin, c'est la règle.

— La règle, je l'ai enfreinte. Deux années de perdues. Mon Dieu, que vais-je faire ?

— Tu vas démarrer et foutre le camp, tu entends, espèce de débile, commanda Myrna.

— On y a va, on y va, protesta d'une voix sourde Josh, en s'asseyant au volant.

— Heureusement que le pare-brise n'a pas morflé!...

— Mon Dieu, gémit Josh en tournant la clé de contact, donnez-moi ce que les autres ne veulent pas. Mais donnez-moi aussi le courage et la force.

— Ça, au moins, c'est un refrain qui me botte. Le courage et la force!

Le Combi s'ébranla lourdement, et Josh se fraya son chemin vers la rampe de descente.

— Ne reste pas assise à côté de moi. Planque-toi comme tout à l'heure sous la bâche... maintenant que ta tête est mise à prix...

Malgré un geste de mauvaise humeur, Myrna obtempéra. On l'entendit d'abord se replaindre de la puanteur de la bâche, mais une fois qu'ils furent sur la place Sénèque, plus un son ne sortit de ses lèvres.

Josh avait un plan pour rejoindre Cézanne. Il sortirait de la ville par le Parc du Nord, trop vaste pour que ses allées soient toutes surveillées. Et il gagnerait l'Ouest après un détour par les collines, ce qui lui permettrait avec un peu de chance de se mettre en paix avec sa conscience. Du moins, se forçait-il à l'espérer, car au fond de lui il en doutait.

Pendant près d'une heure, ils roulèrent sans échanger un mot.

— Myrna, tu peux te montrer, je vais bientôt m'arrêter. Tu ne risques plus rien.

— On est arrivés? Pas trop tôt, grommela Myrna.

— On est arrivés, mais pas chez Cézanne.

— Comment ça?

— Avant, je dois voir quelqu'un ici... Tu n'auras qu'à m'attendre. Tu pourras même sortir prendre l'air. Cette zone est franche, dit Josh.

— On est où ?

— Au monastère.

— Tu viens te chercher un chapelet d'étrangleur ?

— Myrna...

— Il y a tout de même une chose que je pige pas, pourquoi que tu restes avec moi ? fit Myrna.

— Parce que c'est la volonté de Dieu.

— Tu l'entends comment, ton Dieu ? En THX ? Par satellite ?

— Suffit !... Dans ma sacoche, il y a des cigarettes.

— Autre chose, monsieur le rédempteur, c'est quoi, ton C.V. ?

— Mon quoi ?

— Ton C.V., ton curriculum vitae, quoi, merde ! De moi, tu sais tout..., dit Myrna en détournant la tête.

— Vraiment ?

— Disons, l'essentiel, mais sur toi, je suis *blind*.

— Mon C.V., comme tu dis, tient en une ligne.

— Laquelle ? fit Myrna en se retournant vers lui.

— J'ai aimé ma perte et j'ai désiré mon déshonneur.

— Très insuffisant, mon con ! T'as intérêt à en lâcher davantage. Par exemple, sur qui t'a marqué la gueule comme ça...

— Une hyène !

— Tu sais pas mentir.

— De ce point de vue-là, nous sommes à égalité, ne te semble-t-il pas ?

— Comme il parle bien, l'enfoiré !

— Pourquoi changes-tu de registre à tout bout de champ ? Pourquoi te fais-tu plus vulgaire que tu n'es ?... J'ai vu le livre que tu lisais chez moi.

— Erreur, je lis pas, je regarde les images, trancha Myrna.

— Je t'en offrirai, alors.

— Pas des pieuses, hein? Surtout pas d'images pieuses. La religion est de l'amphé frelaté… chantonna Myrna.

— Tu as le bois pour toi toute seule, je reviens dans une vingtaine de minutes, au maximum.

— Et si je me tirais?

— Tu veux les clés?

— Allez, va t'agenouiller devant ton sauveur, et reviens vite. Tu commences déjà à me manquer…

L'antichambre sentait l'encaustique et le romarin. Au soleil déclinant, les panneaux d'acajou, patinés par les siècles, rayonnaient, et Josh ne souffrait pas de leur austère nudité.

Aucun tableau, aucun texte de loi ne décorait la pièce. Pas même un Christ. Rien qu'un banc, et le silence.

L'attente dura plus que d'ordinaire, mais Josh n'en souffrit pas. Dehors, on se parjurait, on se vendait, on s'étripait, tandis qu'entre ces quatre murs nus son âme meurtrie renouait avec la quiétude. Cette quiétude qu'on lui avait refusée, en lui commandant de s'en aller sur les routes confronter ses aspirations avec le monde réel.

— Nous avions dit sept mois, et non sept semaines, dit le Père-Maître après avoir invité Josh à le suivre dans son bureau.

— J'avais besoin de réconfort.

— Sept mois, pas sept semaines, répéta le Père-Maître.

— Mon père, j'ai péché.

— La grande nouvelle!

— Mon Père, j'ai levé la main sur mon prochain.

— L'as-tu blessé?… L'as-tu tué?

— Blessé, mon Père, murmura Josh.

— N'importe quel curé aurait pu recevoir ta confession.

— Mon Père, j'y ai pris du plaisir.

— Enfin... Enfin, la vérité !

— Je ne suis pas digne de vous, mon Père. Pas digne de lever les yeux vers vous, car j'ai provoqué la colère du Seigneur.

— Raconte-moi, ordonna le Père-Maître.

Sans grande difficulté, Josh entama le récit de ses dernières vingt-quatre heures, depuis l'arrivée de Myrna chambre 115 jusqu'à la sanglante bagarre dans le parking. Il rapporta mot pour mot les conversations qu'il avait eues avec la jeune femme, et mentionna également ses rencontres avec l'inspecteur Meyrat et la femme du maire. En revanche, comme poussé par une volonté qui le dépassait, il ne mentionna pas le nom de Robert. Pareillement, il tut la volupté qui s'emparait de lui à chaque fois que, malgré ses engagements, il refumait ou revoyait une cassette de film.

A sa façon, toute en dents de scie, Josh s'éloignait de la religion qui exige de ses adeptes une totale sujétion, et pourtant il aurait juré le contraire si on lui en avait fait la remarque. Petit à petit, la méfiance, que lui avait légué son père, l'emportait sur toute considération morale.

— Es-tu sûr de l'innocence de cette jeune femme ? demanda, après un silence de réflexion, le Père-Maître.

— Innocente ? Je ne crois pas qu'elle le soit. Rappelez-vous qu'elle a déjà assassiné de ses propres mains ce médecin russe...

— Toi aussi, souviens-toi de notre maître Dominique pourchassant le singe. Le Diable est capable de tous les travestissements, et contre lui la main du juste ne doit pas trembler.

— Alors, je la crois innocente, déclara Josh.

— Eh bien, dans ces conditions, poursuis ta mission.

— J'en perçois de plus en plus mal le sens. Je suis comme un...

— Je vais te dire à quoi tu ressembles. Tu as voulu ouvrir le grand livre, alors que tu ne sais pas encore lire.

— Je veux apprendre.

— Plus tu t'abaisseras, mon fils, et plus haut tu te relèveras, mais…

— Mais jamais, l'interrompit Josh, je ne serai des vôtres, n'est-ce pas ?

— Jamais, c'est probable !… Et pourtant de nous tous, tu n'es pas le plus malheureux, car ce que tu endures, je voudrais moi-même l'endurer.

— Mon Père, je vous ai menti.

— J'écoute.

— Je vous ai caché que je désirais cette jeune femme, Myrna.

— Le contraire m'eut étonné.

— Je détruis tout ce que je touche. Je ne suis bon à rien.

— Détrompe-toi.

— Expliquez-moi, alors, supplia Josh.

— Qui suis-je donc pour te l'expliquer ? Non, il te faut marcher… marcher seul, et attendre un signe. Toi, qui ne voyais d'avenir que dans la sainteté, tu dois apprendre, à tes risques et périls, que la vertu ne s'acquiert que dans le vice.

— Que dans le vice ?

— C'est le feu qui enseigne le prix de l'eau. Les deux sont inséparables. Enfin, tu apprendras !

— Que serai-je si je n'appartiens pas à votre ordre ? A quoi servirai-je ?

— Les chevaliers n'étaient pas des prêtres…

— Vous oubliez les chevaliers teutoniques, s'insurgea Josh.

— Pire que des hérétiques, ceux-là ! Encore une fois, le feu et l'eau bien qu'inséparables ne se marient pas.

— Mais alors pourquoi me parlez-vous de chevaliers ?

— Parce que malheureux est le peuple qui n'a pas de chevaliers… Voilà, l'entretien est terminé. Repars. Retourne sur l'autre rive du fleuve.

— Vous rêvez, mon Père. Plus personne n'a besoin de chevaliers.

— Lorsque le peuple est plongé dans l'ignorance et l'effroi, il ne connaît plus ses besoins. Arrive un jour où ses yeux se dessillent, et ce jour-là, les chevaliers sortent de l'ombre… C'est tout, va. Elle t'attend.

Josh se signa et sortit à reculons.

— T'as récité dix *Pater* et dix *Ave* ? Tu te sens mieux ? ironisa Myrna, lorsqu'il revint s'asseoir à côté d'elle dans le Combi.

— Quand Cézanne nous aura trouvé une planque, je prendrai contact avec Robert.

— Robert ? Pourquoi ?

— Parce qu'il le faut, dit Josh.

— Mais quand me baiseras-tu ?

— Dis-moi plutôt, Karl Schneider perdait-il ses cheveux ?

— Arrête de jouer à ce jeu-là avec moi, Josh.

— Réponds. Perdait-il ses cheveux ? Comme un début de calvitie sur le haut du crâne ?

— Tu me fais chier… grogna Myrna.

— Réponds.

— J'ai pas fait gaffe, mais il me semble que non.

— Alors, c'est son frère qui s'est inscrit à l'hôtel.

— Ça change quoi ?

— Je l'ignore. Je ne comprends rien, tout se mélange dans ma tête.

— Embrasse-moi. *Just a kiss*.

— Je ne fais jamais deux choses à la fois.

— *Son of a bitch*... En français : fils de pute !
— Tiens, comment le sais-tu ?
— Comment je sais quoi ? s'étonna Myrna.
— Comment sais-tu que ma mère était une pute ?
— De mieux en mieux.
— Même qu'elle a couché avec Robert, et que mon père leur a tiré dessus, dit Josh.
— Il les a ratés ?
— Robert, oui, mais pas ma mère.
— Enfin, nous avons quelque chose en commun. Des pères assassins ! fit Myrna.
— Nous avons encore davantage en commun.
— Dis.
— Moi aussi, j'ai autrefois répondu au mal par le mal.
— Ce crucifix, je me disais aussi !
— Tu aimes les fous ? demanda brusquement Josh.
— Cinquante cinquante.
— Eh bien, avec Cézanne, tu vas être servie.

8

Comme ils approchaient du stadium, il se mit à pleuvoir. De grosses gouttes molles et orangées, chargées de sable, étoilèrent le pare-brise. Josh attendit qu'elles le recouvrent en totalité pour actionner ses essuie-glace. Il aimait l'orage, surtout les roulements du tonnerre. Une délicieuse appréhension lui serrait le cœur, il se sentait faible, misérable, et cependant nullement désespéré. La pluie effaçait tout. Il le savait, et l'attendait.

— On voit plus grand-chose, maugréa Myrna.

— Tant mieux !

— Le grand saut, très peu pour moi...

— Dis-toi bien que si nous, on ne voit pas, eux non plus, ne nous verront pas.

— Qui ça ? Y a pas un chat sur cette putain de route, dit Myrna.

— Pour le moment... mais d'ici peu on va rattraper l'ancienne nationale, et là il y aura affluence.

— Comment que tu le sais ? T'as un radar dans la tronche ?

— Demain, c'est le premier jour du carnaval et, ce soir, le maire invite la ville à une fiesta au stadium.

— Une fiesta sous la flotte, vont pas se marrer !

— La pluie ne durera pas, affirma Josh en regardant le ciel.

— Peut-être, mais en attendant ça mouille un max.

— De quoi, te plains-tu ? C'est moi qui prends tout.

Maintenant qu'il tombait des cordes, la pluie déferlait sur Josh par le trou béant de sa glace avant.

— T'es maso, hein ? fit Myrna.

— Tu es la deuxième à me le dire.

— J'ai une concurrente ?

— Une rivale, mais elle, je l'écraserai, gronda Josh.

— Youpee, Josh tourne violent ! C'est tes copains, les curés, qui t'ont remonté ?

— Regarde. Qu'est-ce que je t'avais dit ?

— Pour ce qu'on voit !

— Les points blancs, en contrebas... Des phares.

— J'avais raison, on t'a greffé un radar.

— Qui sait ? Il se peut que, dans une vie antérieure, je sois passé entre les mains de ton père...

— Tu m'aideras à le tuer ?

— C'est réellement ça que tu veux ? Le tuer ?

— Je dois le faire.

— Myrna, existe-t-il une chose à laquelle tu crois ?

— Bien sûr, la vengeance.

— Rien d'autre ?

— Si, affirma rageusement Myrna.

— Quoi ?

— La vengeance... *part two*.

Sur ces entrefaites, l'orage s'éloigna, l'horizon s'éclaircit, et le Combi se fondit dans la marée humaine qui montait à l'assaut du stadium.

— Tous ces connards me font gerber, dit Myrna.

— Etrange, je te pensais du côté du peuple.

— Ça, le peuple ? *Bullshit*.
— C'est quoi le peuple pour toi ? demanda Josh.
— C'est la colère. Sans la colère, il n'est rien.
— Mais ce sont les mêmes !
— Pas du tout... et puis, ne confonds pas, je suis pas comme toi, j'aime pas le monde entier.
— Et qui aimes-tu ?
— Les vengeurs.
— On n'en sort pas, se plaignit Josh.
— Hé, non.

Un long silence s'ensuivit, pendant lequel Josh quitta une nouvelle fois la nationale, pour s'engager sur une toute petite route qui zigzaguait à travers d'anciens marais, que l'on avait asséchés dans le but d'y édifier une centrale nucléaire. Mais qui fut abandonnée lorsque le présidium décida prudemment le déplacement vers le Sud de l'ensemble de ses surgénérateurs atomiques. Les quelques bâtiments que l'on avait construits pour y loger les futurs employés de la centrale avaient été reconvertis par la municipalité en centre hospitalier d'un genre particulier.

Les abords justifiaient pleinement les rumeurs qui commençaient à circuler sur l'établissement, rumeurs qui pour l'heure ne dépassaient pas un petit cercle d'initiés.

Pas d'arbres, pas de fleurs, pas de verdure, que de la caillasse et des épineux à perte de vue. Et à l'intérieur, comme prisonniers, un bon millier d'hommes, de femmes et d'enfants promis à une mort certaine.

C'était une idée du maire. Une idée dont il ne se vantait pas, car elle l'aurait desservi auprès de ses alliés libéraux qui se déclaraient volontiers hostiles, du moins en public, à tout regroupement autoritaire des malades. Or l'hôpital, vers lequel roulaient Josh et Myrna, ne se comparait qu'aux sidatoriums que les Nippo-Coréens avaient implantés en Chine, pour éviter que le fléau ne gangrène l'archipel.

— Toujours fâchée ? questionna Josh, sans perdre de vue la route.

— Fais pas chier.

— Toujours aussi aimable, alors ?

— Et là-dedans, comment on va entrer ? fit Myrna.

— Par l'entrée des artistes.

— Super... Et on va nous faire la bise, peut-être ? Bien le bonjour, m'sieur dame, passez, passez, on n'attendait plus que vous... ricana Myrna.

— Seule la bâtisse centrale n'est pas libre d'accès.

— N'empêche qu'il doit y avoir une chiée de gardiens.

— Très peu. Tout repose sur l'électronique, comme à l'hôtel.

— Et le personnel soignant ?

— Il ne sort jamais. Ce sont tous des séropos.

— Même ton copain Cézanne ? fit Myrna

— Lui, non, c'est particulier. Il a choisi de s'établir ici.

— Il a vraiment pété les boulons !

— Il est schizophrène, pour être précis. Longtemps, il s'est cru l'égal de Cézanne, et puis, un jour, tout a basculé, il s'est réveillé dans la peau de Cézanne.

— *Bad trip* !

— Il n'est pas dangereux, juste un peu grandiloquent.

— Mais pourquoi s'être enfermé dans un tel endroit ?

— Il veut peindre la mort au travail et, comme ses toiles commencent à trouver preneur, on lui a abandonné ce baraquement que tu aperçois sur la gauche... Attention, attention, planque-toi, ça bouge là-bas.

Josh rétrograda, freina et rangea en catastrophe son Combi derrière d'immenses silos à demi détruits.

— Je descends, ne bouge pas, je vais aux nouvelles, dit-il en refermant sans bruit sa portière.

Malgré la distance, Josh reconnut l'une des deux voitures. Une Mercedes. Celle de la femme du maire, un cabriolet sport qu'elle avait fait repeindre en rose et vert fluos. Hommage tardif au psychédélisme qui faisait ricaner sur son passage. D'ailleurs, comme pour donner raison à Josh, elle sortit à ce moment-là du baraquement. Deux colosses, ses gardes du corps, blazer bleu marine et pantalon gris, lui filaient le train. Ils transportaient une toile de grand format qu'ils installèrent avec un luxe de précautions sur la galerie de leur 4x4. La femme du maire s'assura néanmoins qu'elle était bien arrimée avant de monter dans sa Mercedes. Puis, elle démarra, suivie du 4x4, et ils s'éloignèrent dans un nuage de poussière.

Josh ne revint pas tout de suite vers le Combi. Il s'accorda une cigarette qu'il voulait fumer en paix. Tout allait désormais trop vite pour lui. Hier encore, il suivait son plan de réhabilitation à la lettre, mais à présent il ne maîtrisait plus le cours des choses. Les événements l'emportaient dans un tourbillon qui le défaisait aussi sûrement que la drogue, et ce sentiment de n'être plus qu'une toupie lui brouillait les esprits. Lui qui d'ordinaire à chaque question s'efforçait de répondre le plus complètement possible était en train de se faire déborder. Ainsi la journée tirait à sa fin, et il n'était toujours pas convaincu de l'innocence de Myrna.

Bouffée par bouffée, la fumée qui emplissait ses poumons le calma. Procédons par ordre, se dit-il. Primo : qui avait assassiné Karl Schneider ? Secundo : que faisaient dans la chambre 111 Robert et Meyrat ? Tertio : pourquoi Meyrat avait-il disparu à l'arrivée de la police ? Quarto… Il aurait pu de la sorte continuer une heure durant. Les questions se succédaient en rafales. Il préféra écraser sa cigarette. On verrait bien. Il devait suivre le conseil du Père-Maître. Tôt ou tard, le Seigneur lui enverrait un signe… Donnez-moi, mon Dieu, ce qui vous reste. Donnez-moi ce que l'on ne vous demande jamais.

Qu'elle ne fut cependant sa surprise lorsqu'accompagné de Myrna, il poussa la porte du baraquement où il pensait trouver Cézanne, et qu'il découvrit monsieur Robert jouant tranquillement aux échecs avec un inconnu.

— Enfin, vous voilà! murmura entre ses dents Robert. Donnez-moi seulement une minute, je le tiens, le bougre.

— Celui qui trébuche sur une paille peut aisément, mon cher, se casser le cou, rétorqua l'inconnu avec un fort accent russe.

— Je vous présente… mais comment vais-je vous appeler aujourd'hui?

— Appelez-moi Verkhovenski.

— Trop compliqué! Ces jeunes gens n'apprécieront pas.

— «*Vous êtes le soleil, et je suis votre ver de terre*» … N'est-ce pas ce que disait Verkhovenski à Stavroguine? lança, d'une voix mordante, Myrna.

— Bravo! Excellent… C'est tout à fait ça, s'exclama le Russe. Vous voyez, colonel, que la littérature, ainsi que les échecs, compte encore de nombreux adeptes, malgré ces saletés de *computers*.

— Je déteste les romans, dit Myrna. Tout y est trop facile, trop logique.

— Et je partage votre opinion, l'approuva Robert. La vie n'est pas un roman. Au mieux, une question métaphysique.

— Je préfère la dialectique.

— Dans ce cas, appelez-moi Molotov.

— Et pourquoi pas Staline? dit Myrna.

— Oui, pourquoi pas?

— Ça suffit, gronda Josh, ça suffit. On n'est pas au théâtre. Et d'abord que faites-vous là ? Et cette partie d'échecs, c'est quoi ? … Où est Cézanne ?

— Il travaille, répondit Robert, en repoussant l'échiquier d'un air dégoûté.

— Comment se fait-il que vous le connaissiez ? Et lui, qui est-ce ?

— Dans l'ordre… Cézanne est une vieille connaissance, nous nous sommes croisés en Algérie, tu étais à peine né… Quant à lui, c'est Sergeï… mon meilleur ennemi.

— Ex-ennemi, colonel.

— Un ex-ennemi, mais pas encore un ami.

— Et par quel moyen êtes-vous ar… ?

— C'est à cause de ça que tu t'interroges ? fit Robert, en tapotant l'accoudoir de son fauteuil roulant.

— Ça rend les déplacements difficiles, non ?

— On m'a déposé et on repassera me prendre. L'hélicoptère, Josh, c'est fait pour voler.

— Et lui ?

— Lui ? Lui, c'est un dérivant… Pour le moment, il est à notre charge.

— Ça veut dire quoi : à notre charge ? dit Josh.

— Tu as très bien compris. Une autre question ?

— Pas une, dix, cent ! … Par exemple, pourquoi m'avoir caché que vous étiez cette nuit dans la chambre 111 ?

— Vous le lui avez dit ? s'étonna Robert en regardant Myrna.

— Deux assurances valent mieux que…

— Vous avez eu tort.

— Là où le sang a coulé, l'arbre de l'oubli ne peut grandir, susurra le Russe, en rangeant les pièces de l'échiquier.

— Taisez-vous, Sergeï, vous sortez de votre rôle.

— Je me tais, colonel.

— Colonel ! ... Vous êtes monté en grade, félicitations, dit Josh. La dernière fois, vous n'étiez que capitaine.

— Je devrais être général, mon petit, si le Cartel ne m'avait pas barré... Le mauvais côté de la barrière !

— Okay, les préliminaires sont terminés, aboya soudain Myrna. On étale les jeux.

— Deux paires à l'as, plaisanta Robert.

— Couleur, dit Josh. Je rafle les mises. Schneider, c'est vous ?

— Je suis un infirme, ne l'oublie pas.

— Depuis quand les infirmes sont-ils incapables de tuer ?

— Judicieuse remarque.

— Schneider... répondez.

— Je ne suis que pour moitié dans ce coup-là.

— C'est-à-dire ?

— La nuque brisée, c'est moi, une de mes spécialités, mais les yeux arrachés... non ! affirma Robert en se tournant de nouveau vers Myrna, qui soutint sans ciller son regard.

— Tout de même curieux qu'un colonel des services spéciaux...

— Tss, tss... Josh, où vas-tu chercher ça ?

— Qu'un colonel des services spéciaux, répéta Josh, perde son temps dans une affaire de...

— De droit commun ? l'interrompit Robert.

— Exactement.

— Qui veut avoir des œufs doit supporter le caquetage des poules, dit Sergeï.

— Vous, le Russe, on vous a demandé de la boucler. Alors, bouclez-la.

— Pour une fois qu'un de ses proverbes tombait à pic ! soupira Robert.

— Donc, vous avez tué Karl Schneider, et maintenant quel est le suivant sur la liste ?

— Ça dépendra de Myrna... et de toi.

— Le suivant, ce sera mon père, trancha Myrna.

— Et moi, je crie bis, peut-être ? fit Josh.

— Toi, tu es l'innocent aux mains pleines, tu traverses l'histoire, et personne ne te réclame de comptes.

— Le con intégral, en somme !

— Je te croyais brouillé avec la vulgarité, dit Robert.

— Pourquoi êtes-vous ici ?

— Pour parler avec Myrna... Je savais que vous viendriez.

— Ce n'était donc pas avec moi que vous vouliez parler, colonel ? demanda le Russe, en souriant.

— Avec vous, Sergeï, tout a été dit...

— Mais à lui, lui avez-vous tout dit ? continua le Russe en montrant du doigt Josh.

— De quoi s'agit-il encore ?

— Voilà, mon... camarade... J'adore « camarade », c'est désuet, mais chic... Mon camarade Sergeï souhaiterait qu'en te rendant ce soir à l'hôtel, tu le déposes quelque part sur l'autoroute.

— Ils le mangeront tout cru !

— Peut-être que oui, peut-être que non... ce sont les risques du métier.

— De toute façon, je n'irai pas à l'hôtel. Meyrat – encore un de vos fidèles, celui-là ! – soupçonne quelque chose et...

— Il ne bougera pas, il me craint trop. Tu dois y aller, Josh... C'est ta mission.

— Ma mission ! Quelle mission ? s'exclama Josh.

— Et vous, ma chère Myrna, je vous demanderai de me suivre.

— Si je veux !

— Comment pourriez-vous refuser?

— Vous croyez me faire peur dans votre petite voiture?

— Moi, non... mais, votre père, j'imagine que oui.

— Mon père?

— Il est arrivé en début d'après-midi de Londres, où il participait à un congrès de chirurgie... et de son côté, Markus Schneider a rameuté le reste de sa sympathique équipe. Ça fait beaucoup de monde pour un apprenti prédicateur et une... fugueuse... aurait-elle du sang sur les mains.

— Je vous interdis, menaça Josh.

— Tu ne peux rien m'interdire. Je te l'ai déjà dit, je suis partout chez moi, Josh... Eh bien, Myrna, m'accompagnez-vous?

— On le tuera?

— Je n'ai qu'une parole.

— D'accord, je viens avec vous, acquiesça Myrna.

— Parfait... Et toi, Josh, tu déposeras Sergeï là où il te commandera de le faire.

— Personne ne me commande.

— Obéis, Josh, dit Myrna, fais-le pour moi.

— Je ne retournerai pas à l'hôtel.

— Va où tu veux ensuite, mais charge-toi de Sergeï.

— Pourquoi ne le faites-vous pas vous-même?... Puisque vous vous vantez de je ne sais quels pouvoirs, hein, pourquoi?

— On ne piste pas deux lièvres à la fois. Et puis, Sergeï a pour habitude d'agir en solitaire. Pourquoi changer de méthode?

— Et la femme du maire, elle vient faire quoi là-dedans?

Le vrombissement assourdissant des hélices de l'hélicoptère couvrit la réponse de Robert. Josh voulut retenir Myrna, mais Sergeï s'interposa entre eux. Le revolver qu'il tenait à la main valait tous les crucifix.

9

— Un artiste doit faire son œuvre comme un escargot fait sa bave.

Cézanne ne ratait jamais ses entrées. Là où tant d'autres commentaient le geste qu'ils se préparaient à exécuter – « Je vais me servir un verre de vin » –, lui ne parlait que pour relancer l'action. Il ajoutait systématiquement un plus à la situation.

Or la situation n'avait guère évolué depuis le départ précipité de Myrna et de Robert. Le doigt sur la détente, Sergeï continuait de tenir en respect Josh qui, assis par terre, paraissait avoir accepté son sort, alors qu'il guettait sur le visage du Russe le moindre signe de relâchement pour tenter sa chance. L'arrivée de Cézanne ne modifia que partiellement la scène. Sergeï glissa son arme dans une poche de son blouson, sans pour autant s'en dessaisir, et Josh sourit au peintre, comme si tout allait de soi.

Chaque jour davantage, Cézanne poussait le mimétisme jusqu'à ne faire plus qu'un avec son modèle. Même barbe, même accoutrement, l'illusion était parfaite. Il collait à son personnage, adoptant son accent anisé qui ensoleillait la moindre de ses remarques.

Insensible à l'atmosphère de la pièce où il venait de pénétrer, Cézanne posa sur un chevalet la toile qu'il portait sous le bras. Un homme amaigri, aussi délardé qu'un olivier foudroyé, reposait, nu, sur une chaise longue. Cézanne l'avait peint de trois quarts. Les couleurs sombres, quasiment ténébreuses, accentuaient la morbidité de l'ensemble.

— L'artiste n'est qu'un réceptacle de sensations, un cerveau, un appareil enregistreur... Que penser des imbéciles qui vous disent que le peintre est inférieur à la nature ? Il lui est parallèle.

Josh opina d'un léger mouvement de tête. Contre sa cuisse, il sentait le crucifix. Chaque jour aggrave notre perdition, et nous ne savons pas si tous les péchés que nous avons commis pourront obtenir la miséricorde de Dieu...

— Josh, tu regardes mal ce tableau, dit Cézanne, en se reculant.

— Pardon ?

— Pour regarder, ou si tu préfères, pour aimer un tableau, il faut d'abord l'avoir bu à longs traits. Perdre conscience. Sentir... Tiens, Véronèse, eh bien, il me semble que je l'ai toujours connu, tant je me suis désaltéré dans ses toiles.

Assez sottement, Sergeï s'exclama :

— Véronèse ! Vous vous moquez de nous, cher maître !

Cézanne le dévisagea d'un air furieux :

— Ne m'appelez pas maître.

— Le maître accommodant fait le serviteur négligent, rétorqua Sergeï.

— Je fais tous les jours des progrès, l'essentiel est là.

— Cézanne, s'il te plaît, dit Josh qui avait profité de l'échange entre le peintre et Sergeï pour empoigner son crucifix, montre-nous tes toiles de la semaine. Je suis sûr que notre ami en meurt d'envie.

A travers le nylon du blouson, Sergeï pointa son arme vers Josh. Le message était clair. Qu'on ne le prenne surtout pas pour un imbécile, la conversation avec Cézanne n'entamerait pas ses réflexes.

— Toi, Josh, déclara Cézanne en disposant quelques-unes de ses dernières productions face aux deux hommes, tu as la certitude. C'est ma principale espérance. La certitude ! Chaque fois que j'attaque une toile, je suis sûr, je crois que ça va y être... Mais tout de suite, je me souviens de tous mes ratages, et je me mange les sangs...

Comme s'il souhaitait mieux admirer les toiles qui s'offraient à leurs regards, Sergeï se déplaça lentement vers Josh. Arrivé près de lui, il murmura en se penchant : «J'ignore ce qu'il y a dans ta poche, mais n'y pense pas... Mets tes mains sur les genoux et ne bouge plus ! » Puis, il regarda sa montre et dit à voix haute :

— Désolé... Mais Josh et moi devons partir.

— Rien qu'aujourd'hui, il en est mort cinq, c'est horrible, murmura Cézanne.

— Allons, Josh, debout, sinon nous raterons notre rendez-vous.

— Quel bonheur si je pouvais être une brute, s'exclama Cézanne en fourrageant sa barbe.

— Nous partons.

— Cézanne, s'écria tout à coup Josh, qu'as-tu fait en Algérie ?

— En Algérie ?... balbutia Cézanne. Mon Dieu, comme la vie est effrayante !

— Allons-y, Josh... Nous importunons monsieur.

Sergeï ouvrit la porte et s'effaça pour laisser passer Josh. Dans leur dos, Cézanne murmura :

— Travailler sans croire à personne, devenir fort. Tout est là.

Dans la cour, un vent chaud, venu des Hautes Terres, soufflait, et plus un nuage n'endeuillait le ciel.

— Et maintenant, montre-moi ce que tu dissimulais dans ta poche, ordonna Sergeï qui se tenait, par précaution, deux pas en arrière de Josh.

Effectuant un demi-tour sur lui-même, Josh jeta aux pieds de Sergeï un paquet de cigarettes.

— Pour qui me prends-tu, stupide animal ? Les ruses du renard n'entrent pas dans la tête du lion.

— Vous, vous avez appris le français dans un dictionnaire de proverbes.

— Tout juste ! Un bon proverbe ne frappe pas aux sourcils, mais dans les yeux.

— En russe, ça donne quoi ?

— Une balle dans la nuque... Aboule le reste, et que ça saute !

Josh ne put qu'obéir, mais plutôt que de s'en défaire comme il l'avait fait pour les américaines, il tendit le crucifix à Sergeï.

— Lance-le jusqu'à moi.

— Je ne peux pas.

— Jette-le ! gueula Sergeï.

— C'est le Seigneur sur la croix, ce serait blasphémer... Et puis, vous n'allez pas me tirer dessus, sinon qui vous conduira ?

— Il ne faut jamais présumer de ses forces, mon ange.

Sur ces mots, Sergeï fit mine de se retourner, et, tel un ressort, il se détendit et expédia son pied directement dans la rotule de Josh qui, déséquilibré, s'écroula en lâchant son crucifix.

— Ça fait mal, mon ange ?

— Pas tant que ça, grimaça Josh.

Le Russe ne mit pas longtemps à découvrir le cran d'arrêt, et, appuyant sur la tête du Christ, il fit jaillir la lame encore tachée du sang du Natio.

— Et en plus, mon ange, tu t'en sers !
— Les voies du Seigneur sont impénétrables.
— L'humour des chrétiens m'enchante... Qu'est-ce que je me suis amusé en Pologne ! As-tu jamais enfoncé un cierge dans le cul d'une nonne ?
— Le vaincu pleure, le vainqueur est ruiné, grommela Josh.
— Un proverbe, mon ange ! Je détiens sur toi, dis donc... Allez, assez rigolé, debout on y va, on n'a que trop tardé.
— Ils vous tueront.
— Qui ça ?
— Les Smokers... ou bien, alors les HLN !
— Les Hors-La-Norme, tu veux dire ?
— Vouais.
— Les Smokers, peut-être ! Ce sont des dégénérés sociaux, mais les Hors-La-Norme annoncent le retour triomphal de nos idées. La Démocratie crèvera, et nous...
— L'histoire ne se répète pas, affirma Josh d'un ton péremptoire.
— Mais si, mais si... Regarde les Frontistes, et pourtant ce sont des perdants-nés, tandis que nous, nous sommes trempés dans l'acier.
— *Bullshit*.
— Tu parles anglais ?
— A votre avis ?
— Mon ange, si tu continues sur ce ton, je t'arrache les oreilles... J'adore arracher les oreilles, pour ce que ça sert.

Josh monta le premier dans le Combi. Sergeï attendit qu'il eut mis le contact pour venir s'asseoir à ses côtés.

Ils roulèrent une petite heure jusqu'au péage du Sud où Sergeï se fit ouvrir le passage en exhibant subrepticement une carte frappée du sigle de la Communauté, mais pas assez discrètement pour que Josh ne la remarque pas. La nuit était tombée, et l'officier des gris leur conseilla de ne pas quitter la file de gauche, la plus sûre.

— Finalement, c'est vous qui avez raison, marmonna Josh.

— Tu as dit quelque chose, mon ange?

— J'ai dit que c'était vous qui aviez raison.

— D'où te vient cette soudaine certitude? demanda Sergeï, enjoué.

— Eh bien, vous jouez sur les deux tableaux. Vous partez rejoindre les HLN, et les gris vous laissent passer, tout juste s'ils ne vous fournissent pas une escorte.

— On a signé un pacte, mon ange. Un pacte de non-agression. D'abord, on liquide notre ennemi commun, et ensuite que le plus fort gagne.

— En théorie, ça pourrait marcher, mais qu'est-ce qui vous fait croire que vous baiserez de nouveau les exclus du système?

— Réussite assurée, mon ange.

— Et pourquoi donc? s'inquiéta Josh.

— Regarde-toi. La réponse, c'est toi.

— Moi?

— Tant que tu te montreras incapable d'agir sur le cours des choses, tu l'auras... dans l'os, Josh!

— Celle-là, elle manquait.

— Tu marches à la mort... Tu aurais mérité d'être russe. Mes chers compatriotes passent leur temps à s'accuser de tous les crimes alors qu'un peloton d'exécution règle n'importe quelle question.

— J'y réfléchirai.

— Tu en es incapable, mon ange... Tu mises sur la charité, la compassion, la générosité, et tu oublies la traîtrise, le crime.

— Où est-ce que je vous dépose ? demanda d'une voix soudainement neutre Josh.

— Dans moins d'un kilomètre... A l'intersection avec la E5, sur le parking.

— Vous me rendrez mon crucifix ?

— Ton crapaud à ressort ? ... Tiens, le voilà.

Et Sergeï le balança au fond de la fourgonnette.

— Vous aussi, la générosité vous perdra, dit Josh.

— Ta gueule, mon ange !... Tiens, tu vois, ils m'attendent, les HLN... ils attendent le guide !

En effet, un fort groupe de motards stationnait tous feux allumés sur le parking latéral qui était vide de tout autre véhicule. La plupart des encasqués s'amusaient à emballer leur machine, tandis qu'une poignée d'entre eux avait pris pour cible ce qui restait de la station de gonflage. Quand Sergeï descendit du Combi, ils l'accueillirent avec des hurrah retentissants. Mais au lieu de redémarrer, Josh coupa le contact et mit à son tour pied à terre. Mon Dieu, je ne vous demande pas le repos, ni la tranquillité, ni celle de l'âme, ni celle du corps.

L'un des tireurs, un molosse hirsute aux yeux injectés de sang, pointa son fusil à pompe sur Josh, qui s'efforça de ne pas lever en l'air ses bras. Un instant surpris, Sergeï éclata d'un rire mauvais.

— Ce n'est pas moi que vous devriez menacer, mais lui ! cria Josh, dans l'espoir de couvrir le bruit des moteurs.

— Hé, mec, tu déjantes ! Lui, c'est un frère, et toi, t'es qu'un esclave.

— Libre à vous de vous faire enculer.

— Mollo, l'esclave… Personne nous encule, nous ! On a les flingues, et bientôt on aura la ville.

— Je dis pas non. Mais quand vous aurez la ville, ils vous l'enfonceront jusque dans la gorge.

— Liquidez-le, hurla Sergeï.

— Liquidez-moi, ça changera que dalle. Vous l'aurez dans le cul. Cette salope travaille la main dans la main avec les gris.

— A genoux, l'esclave. T'as pas le droit de crever debout, comme un homme.

— Gardez une balle pour lui, dit Josh sans bouger.

— T'as le cerveau qui fuit, mec.

— Peut-être, mais moi, je suis *clean*. Alors que lui… Fouillez-le, il a une carte de la Communauté dans sa poche.

— Regardez-moi ce taré, rétorqua Sergeï. Bien sûr que j'en ai une, de carte. Tout le monde en a une dans notre réseau… On est des passeurs, et les passeurs ont tous de faux papiers.

— A genoux, l'esclave, on t'a dit. T'es foutu, éructa le motard au fusil à pompe.

— Encore une minute ! Vous savez ce que je devais faire après l'avoir quitté ?

— Dis toujours, fit une voix féminine.

— Je devais avertir un certain colonel, le colonel Robert, que la marchandise avait bien été livrée. Voilà ce que je devais faire.

— Quel nom t'as dit ? Robert ? Le colonel Robert ?

De la tête, Josh se contenta d'acquiescer. S'ils ne gobaient pas son mensonge, il ne lui restait plus qu'à recommander son âme à Dieu. La fille retira son casque et un flot de cheveux jaune sale lui tomba sur les yeux. D'un geste nerveux, elle les tira en arrière. Elle était fardée comme pour aller au bal, mais le chapelet de chargeurs de pistolet-mitrailleur qui lui barrait la poitrine n'en faisait pas une de ces débutantes qu'on voyait au bras du maire.

— Robert ? grogna-t-elle. Je le connais... Il a failli nous baiser en Slovaquie.

Josh reprit courage. Dans une autre vie, Sergeï le féliciterait d'avoir appris si vite rapport à la perfidie.

— Lui et Robert sont cul et chemise. Ils travaillent pour la même orga, affirma-t-il.

La balle siffla à son oreille. Josh se vit mort. Mais il n'y eut pas de deuxième détonation, car la fille aux cheveux jaunes avait détourné la main de Sergeï.

— Relax, *tovaritch*. Laisse-le parler. C'est comme à la téloche, même les menteurs ont droit à un temps de parole, sauf qu'après on les dézingue.

— Robert doit me tuber à l'hôtel, enchaîna avec précipitation Josh... Accompagnez-moi, et vous vérifierez.

— Camarades, c'est un piège, un piège grossier, hurla Sergeï. L'hôtel est sous la protection constante des hélicos. Jamais vous ne passerez.

— Dans ma chiotte, vous passerez sans problème.

— Sergeï, c'est pas qu'on a pas confiance en toi, mais j'ai toujours rêvé de foutre en l'air cet hôtel. Ça vaut donc peut-être la peine d'aller y jeter un œil.

— Tu débloques, Zina. Moi, en tout cas, je suis contre, dit le motard qui menaçait toujours Josh de son fusil à pompe... Sergeï, c'est un frère. On a été partout ensemble, à Dresde, à Dublin, à...

— Sûr que c'est un frère, fit Zina, mais puisque cet enfoiré nous propose de nous faire entrer dans sa taule, pourquoi qu'on s'en priverait ? ... Dis, toi, à combien on peut tenir dans ton Combi ?

— A sept ou huit, en se serrant.

— Avec les motos?
— Non, pas avec les motos.
— Sans elles, on est foutus, et tu le sais.
— En repoussant les sièges, on doit pouvoir en caser trois à l'arrière et...
— *Va bene*. Ça suffira... On y va, trancha Zina. Si à minuit on est pas de retour, fit-elle en s'adressant au reste du groupe, eh bien, rendez-vous en enfer... Manu, Benja, vous venez avec moi. Prenez du plastic, et du bon. Et toi, le semeur de merde, rappelle-toi que si la mort est douce aux partisans elle est un calvaire pour les enculés de ton espèce!
— Nous sommes tous des dissous en puissance.

Cette fois, Josh prononça sa formule favorite avec une joie obscène.

10

Josh s'était mis en pilote automatique, façon de dire que le Combi le conduisait plus que lui ne le conduisait. Serrés l'un contre l'autre, avec Zina sur leurs genoux, les motards balayaient la route de leurs regards fiévreux. Tous étaient lourdement armés. Le Noir, Manu, en plus d'un bazooka, caressait nerveusement son Uzi, un jouet d'enfant entre ses battoirs, et Benjamin, un rouquin malingre, avait posé à ses pieds un Aka 74, qui rappela à Josh une scène du passé : son père, retour de Beyrouth, exhibant non sans fierté sa prise de guerre à l'heure du repas en famille.

A l'image du père succéda une autre image tout aussi lointaine : en Californie, on s'était plus d'une fois moqué des lenteurs de son cerveau. Un marrant l'avait affublé d'un sobriquet ridicule, *Minibass*, et malgré tous ses efforts Josh n'était pas parvenu à s'en débarrasser. En sorte que si ses méninges tournaient à plein, le résultat auquel il aboutissait était invariablement négatif. Quelque que soit le scénario, ça finissait en cul-de-sac, et on le criblait de balles. Car Robert, à moins d'être télépathe, et un télépathe soucieux de lui sauver la mise, ne téléphonerait pas, et Zina, la fardée, lui lâcherait sa rafale dans le ventre, par où l'âme s'échappe en hurlant. Qui voudra sauver sa vie la perdra. Matthieu, XVI, 25. Ainsi soit-il.

— Nous arrivons, finit par dire Josh.

— On a des yeux pour voir, tu sais ?

— Je vais me garer sur le parking des employés... et ensuite je descendrai libérer mon collègue de jour. Il doit l'avoir mauvaise, sept minutes de retard, c'est beaucoup chez nous.

— Tu veux un mot d'excuse ? se marra Zina.

Sous la lumière crue des lampadaires, Josh se rendit compte de son erreur. Ce qu'il avait pris pour du fond de teint n'était qu'un reliquat de peinture de guerre.

— Tu es de quelle tribu ?

— Toi, tu dois mouiller dans ton bénard pour me plaisanter là-dessus.

— En tout cas, ne bougez pas d'ici, et faites gaffe quand il sortira... Sa bagnole, c'est la verte là-bas à côté des poubelles.

— Invisibles qu'on va devenir, mec, ricana Manu.

— Et pourquoi qu'on le buterait pas, l'autre ? demanda Benja.

— Vous pourriez... Sauf qu'en ville on s'inquiéterait de son absence. Il est membre d'une communauté d'autodéfense qui... mentit Josh.

— Ça va, on a pigé. On va te l'épargner... Allez, *fissa*.

Josh pénétra dans l'hôtel par le sas réservé au personnel.

Il inséra sa carte dans le lecteur, et il gagna sans encombre la salle de contrôle.

— Presque dix minutes de retard. Ne me refais jamais ce coup, sinon je transmets à qui de droit, bougonna son collègue de jour, un préretraité de la Marine qui arrondissait ses fins de mois en effectuant ici ou là des intérims.

— Personne ne m'a réclamé ? interrogea Josh avec un espoir puéril.

— Les coups de fil personnels sont strictement interdits, mon p'tit gars !

— Je disais ça pour blaguer.

— Ah, vouais… Eh bien, t'as eu un appel.

— De qui ? D'une femme ?

— En plein dans le mille, coulé !

— Elle s'appelait pas Myrna ?

— Myrna ? … Non. Elle a pas voulu dire son blaze. Elle a juste laissé un message.

— Lequel ?

— Si d'ailleurs on peut parler d'un message !

— Je t'écoute.

— Elle a dit comme ça qu'elle passerait panser tes plaies et que ses chiens ne mangeraient pas dans tes mains… Si c'est pas ça, c'en est pas loin !

— Pas elle, quand même, non… Pas tout à la fois, soupira douloureusement Josh.

— Bon, je me tire, je dois terminer les masques pour les gosses. Demain, c'est carnaval, tu l'as pas oublié ?

— Tu parles !

— Et toi, en quoi tu te déguises ?

— En quoi ?

— Vouais, en quoi ?

— En rédempteur.

— Putain, ces intellos, faut se les farcir !

— Combien de clients jusqu'à maintenant ?

— Après le crime de la nuit passée… Dis donc, à propos, t'as dû morfler…

— Dure ambiance.

— Bon, des clients, j'en ai enregistré sept. Que des nouveaux. Tous les anciens, pas cons, ont mis les voiles.

— Du beau linge ?

— Que des gonzes... Et pas le haut du panier, tu peux me croire. Mis à part peut-être les deux baveux de la 213.

— Des journalistes!

— Vouais, mais des gagne-petit... Des Estoniens! Des fauchés, quoi!... Sur ce, salut et bon vent.

— Toi de même.

Regardant sa montre, Josh constata qu'il était 20 heures 14. Il décida d'attendre jusqu'à 20 heures 20 avant d'aller chercher le trio d'HLN. Certes, il aurait suffi qu'il contacte les hélicos pour que la situation tourne à son avantage, mais il tenait trop à son Combi pour le perdre sous un déluge de roquettes. Et puis il avait envie de faire mentir l'Ecclésiaste : celui qui aime le danger y trouvera sa perte. Sur les six écrans de contrôle, tout paraissait en ordre. Josh brancha la télé, zappa en vain d'une chaîne à l'autre, elles retransmettaient toutes la cérémonie d'ouverture du grand Carnaval. Dans sa jeunesse, il se déroulait la semaine de Mardi gras, mais depuis que le climat s'était dégradé, on avait reporté les festivités à fin avril.

— Vise les écrans, s'écria Manu, on se croirait à la Préfec... C'est un boulot de flic, ton boulot, hein?

— A quelque chose près.

— Les flics, je les fais fondre au lance-flammes. L'extase, mec!

— A quelle heure Robert doit-il t'appeler? s'interposa Zina.

— Le couvre-feu est à 21 heures 30... Logiquement, il doit me joindre dans l'heure qui suit.

— Y a rien à boulotter dans ta carrée, je suppose? demanda Benja, qui vérifiait l'étanchéité des lieux... Hé, on l'a défoncée, cette porte!

— Oui, cette nuit... Les forces spéciales.

— Ils cherchaient quoi?
— Un client a été assassiné da[...]
— Maison de tout repos, ici!
— Faut la renforcer, cette porte.
— Bouge pas, Benja, fit Manu, on v[...] plastoque, comme ça ils sauteront avec.
— Curieuse défense, dit Josh.
— Et boire, y a?
— A l'étage... aux distributeurs.
— Ça craint, là-haut?
— Non... et de toute façon, je vais bloquer pendant quelques minutes les systèmes de sortie des chambres... Vous aurez tout le couloir du rez-de-chaussée pour vous.
— Manu, tu viens avec moi?
— Tu te le sens, Zina?
— Il bougera pas.
— Dans ces conditions, on va s'en jeter une... On te ramène une roteuse?
— Inutile, ça ira.
— N'oublie pas de bloquer les systèmes, fit Zina en braquant son PM sur Josh, tandis que Manu et Benja quittaient la salle de contrôle.
— C'est déjà fait.
— T'es d'où, toi?
— Du Nord.
— Ça, à ton accent, j'avais compris... Et pourquoi t'es de leur bord?
— Je ne suis pas de leur bord.
— Qui n'est pas avec nous est contre nous.
— Pas forcément.
— T'aurais pas de quoi fumer?... Merde, des américaines, tu te refuses rien.

.e les a données, s'excusa Josh.

— Robert, peut-être ?
— Sûrement pas.
— Tu me plantes, là, non ? grimaça Zina.
— Pas du tout... D'ailleurs, on ne me les a pas données, je les ai échangées.
— Contre quoi ?
— Contre une cassette.
— Une cassette de film ?
— Oui.
— Voilà un bon point pour toi. Avant, j'allais trois fois par jour au kino.
— Tu ne travaillais pas ?
— J'ai été tout de suite chômeuse.
— T'as quelle formation ? ... T'as un brevet ?
— C'est parce que je m'appelle Zina que tu me... File-moi plutôt du feu.
— T'es allée à l'université ?
— Evidemment. Bac+5, mon potc. Et pas de boulot à la sortie. J'ai galéré un max, et puis j'ai rejoint les HLN.
— Tu as fait des études de quoi ?
— De psychologie.
— Là, tu me charries.
— J'ai la gueule à ça ? ... Non, j'ai même failli passer un doctorat.
— T'as pas vraiment l'air d'une psychologue.
— J'ai l'air de quoi ?
— Pas d'une psychologue.
— Comme quoi, les apparences, hein ?
— Tu n'as pas chaud ? dit Josh.
— Toi, tu veux que j'enlève mon cuir pour voir à quoi je ressemble.

— Décide.
— Je t'avertis, les mecs, ça ne me branche plus. Avant... mais maintenant, macache !
— Et moi, les femmes, je ne les touche plus.
— L'union parfaite, alors ?
— Pourvu que ça dure...

La sonnerie du téléphone empêcha Josh d'ajouter qu'il doutait que ça dure.

— Il est en avance, Robert, dit Zina, en enlevant son blouson de cuir.
— Hum !
— Mets ton bigo en écoute collective.
— D'accord... Allô ?
— C'est vous ? demanda une femme.
— Qui, moi ?
— C'est vous... Je vous imaginais une voix plus grave, mais c'est pas mal ! Naturellement, vous savez qui je suis ?

Josh regarda Zina et pensa qu'elle ne portait pas de soutien-gorge.

— Je le devine.
— Vous avez vu, je vous ai retrouvé.
— Dommage.
— Dommage pour qui ?
— Dommage pour vous, dit Josh.
— J'aurais tendance à croire le contraire... Dites-moi, vous avez bien votre... martinet ?
— Je vais raccrocher.
— Raccrochez... j'arrive. A tout de suite.
— En voilà une, sourit Zina, après que Josh eut reposé le combiné, qui en veut à ton paf.
— C'est tout brûlé.

— Elle est belle ?
— Une beauté artificielle, morbide...
— Qui sait, elle fera peut-être mon affaire ? rêva Zina.
— Ça m'étonnerait.
— Et pourquoi ?
— Parce qu'elle représente tout ce contre quoi tu luttes.
— Elle a un nom ?
— C'est la femme du maire.
— Et moi qui te prenais pour un ramasse-miettes. Tu fréquentes que la haute, toi !... Robert d'abord, et puis maintenant, celle-là. T'es quoi dans le système ? dit durement Zina.
— Un grain de sable.
— Pourquoi tu lui as pas parlé de Sergeï des fois que... ?
— Mais c'est vrai, elle le connaît. Elle aurait pu me...
— Ou tu joues les *sboubes*, et tu mérites une médaille, ou t'es carrément un *sboube*, et... De toute manière, tu n'iras pas jusqu'au bout du parcours.
— Psychologue ?
— *Naturliche*... Putain, ils tardent, les autres, s'exclama Zina.
— Regarde-les sur l'écran 5, ils ont pas l'air de s'en faire.
— Ils sont à la masse, tu veux dire ? C'est quoi l'endroit où ils sont ?
— La salle des loisirs collectifs. Jeux pour Tous que ça s'appelle.
— Faut qu'ils reviennent. Rappelle-les, ordonna Zina.
— D'ici, je ne peux pas. Mais, toi, vas-y.
— Tu veux me mettre en colère, hein ?
— Je suis voyeur.
— Arrête... T'aurais pas plutôt une cassette ?
— Si les types des forces spéciales n'ont pas découvert ma cachette...

— Vérifie, bordel.

— Elles y sont toujours… mais je te préviens, y en a qu'une qui marche… celle-là !

— Ça, alors… j'ai jamais vu ce film, dit Zina.

— Eh bien, que le spectacle commence.

Le générique défila rapidement. Puis, la caméra découvrit un terrain vague, la nuit. Deux hommes marchaient côte à côte.

— Le gros, je le reconnais, mais l'autre c'est qui ? demanda Zina, en se pressant contre Josh qui sentit les pointes de ses seins frôler son épaule.

— Un Juif new-yorkais… Chaïm Starnovski. Ecoute ce qu'ils disent, ça n'a pas pris une ride…

— *Dans un monde*, dit le gros, *où un tiers de la population devient de plus en plus riche sans augmenter, tandis que les deux autres tiers deviennent de plus en plus pauvre en augmentant, forcément ça se terminera dans un bain de sang.*

— *Le grand Satan s'en fout, il a la bombe.*

— *La science n'est que de la merde.*

— *Tant que les lions n'auront pas leurs historiens, les histoires de chasse glorifieront toujours les chasseurs.*

— *Une fois, j'ai rencontré Gandhi…*

— *Racontez-moi.*

— *Nous n'avons échangé que très peu de paroles.*

— *Je vous en prie, racontez-moi.*

— *Nous avons parlé de la misère, et tout à coup il m'a dit : « L'Empire britannique a déjà consommé la moitié du monde. Combien de mondes faudrait-il à l'Inde pour y parvenir ? »*

— *Vous venez de l'inventer !*

— *Buvons alors aux inventeurs et aux… menteurs.*

— Merde, pourquoi t'arrêtes ? s'exclama Zina.

— Parce qu'on a des visiteurs.
— Les nuls… Ils se sont déguisés.
— T'inquiète, on va vite savoir qui ils sont.
— Comment ça?
— Bac+5, tu me déçois, dit Josh. Pour obtenir une chambre ici, il faute une carte de crédit, et l'ordinateur qui la lit me transmet sur le champ l'identité de son possesseur.
— Sauf qu'ils n'ont pas l'air d'en avoir besoin. Vise l'Apache, il a le code.
— C'est Meyrat.
— Vampirax?
— En personne.
— Lui, il est pour moi, affirma Zina.
— Faut surtout pas qu'il tombe sur tes copains. Merde, où sont-ils passés?
— Z'ont dû se planquer… hé, regarde la taupe… une véritable squaw… Cette pute, elle sourit à la caméra.
— C'est elle!
— Qui, elle?
— La femme du maire.
— On sera pas venus pour rien.

Au même moment, Manu et Benja rappliquèrent dans la salle de contrôle. Ils se donnaient le bras et riaient comme des bossus. Sans quitter du regard l'écran Accueil, Zina leur commanda de la mettre en sourdine, et ils obéirent sans regimber.

— Attends, attends, c'est quoi, ça? Cette boîte qu'elle a posée sur le comptoir. Tu peux zoomer dessus? … Presse, elle est en train de l'ouvrir.
— Avec cette caméra, pas de problème… Jésus Marie!
— Des yeux, rien que des yeux d'humains, en vrai, protesta Benja qui pourtant avait dû en voir d'autres.

— Tuez-les tous, dit Josh dont la voix tremblait.

— Sûr qu'on va les tuer, affirma Zina, mais pas avant d'avoir réglé la question du camarade Sergeï.

— Robert ne me téléphonera pas, je vous ai menti, s'entendit dire Josh.

— T'as understé, Zina? grimaça Manu, en armant son Uzi.

— J'ai menti pour Robert, mais Sergeï est quand même un agent double, un provocateur…

— Zina, il continue de nous balader, fit Benja. Ne l'écoute pas.

— On a un moyen de le coincer, dit Zina, en se saisissant de son PM. On monte là-haut, et on l'oblige à les flinguer.

— Ça prouvera rien.

— Peut-être, mais s'il dessoude Meyrat, il aura tous les flicosses au cul, et puis… je suis curieuse de nature. Pas de quartier!

— Pas de quartier, répondirent en écho Manu et Benja.

— Celui qui mange ma chair et boit mon sang possède la vie éternelle, murmura Josh, après avoir isolé l'hôtel du reste du monde.

11

Benja ouvrait la marche. Dans l'escalier reliant la salle de contrôle au rez-de-chaussée, il s'était noué autour de la tête un bandeau noir sur lequel on lisait en lettres rouges : La boucherie ou la mort. Quitte à arborer ses couleurs, Josh aurait choisi : Le miracle ou le désastre. Mais chacun sa musique, comme disait Myrna. De la poussière de la terre, le Seigneur Dieu façonne l'homme...

La porte de la 9 coulissa graduellement sur elle-même, et son occupant, un gras du bide en caleçon à fleurs, apparut dans l'entrebâillement. Un soupçon de poudre blanche scintillait sur l'ourlet de sa lèvre supérieure. Sans doute allait-il se chercher un complément ? Un de ces alcools de seconde zone qui décuplait l'effet de la drogue ? En les apercevant, il voulut refermer la porte, mais Manu était déjà sur lui, le refoulant d'un revers de main vers l'intérieur de sa chambre.

— Pitié !
— Ferme-la, grinça Zina, t'es pas encore HS !
— Oh ! ne me tuez pas, prenez-la, elle est dans mon attaché-case, mais ne me tuez pas.
— De quoi tu parles, du schnock ?

— De la coke... J'en ai encore une bonne dizaine de doses. Prenez-les, je ne dirai rien.

— Evidemment que tu diras rien, grommela Benja.

— Ta merde, on s'en fout. On te la laisse... Y a que les ordures de Plein-Emploi qui marchent à ça. Pas nous!

— Mais je n'ai rien d'autre... Je voyage toujours sans liquide sur moi, au cas où...

— Au cas où tu ferais de mauvaises rencontres, hein? sourit Zina... eh bien, t'es servi.

— Je vous en supplie, épargnez-moi.

— Tu t'appelles Charbonnier Ferdinand et t'es né à Vaux-en-Velin en décembre 56, dit Benja qui s'était emparé du passeport du malheureux.

— Exact.

— Manquerait plus que tu circules avec un faux passeport... Même pas quarante balais, et t'es déjà tout mou. Tu vois à quoi ça mène d'émarger à la protec!

— C'est quoi ta profession? reprit Benja.

— Comme c'est écrit, SPG... sanglota Charbonnier.

— Ça, j'ai lu, mais SPG, je comprends pas.

— Soldeur en Produits Génétiques.

— T'es un enfoiré de scientocrate? C'est ça, hein? dit Manu, en tirant de sa botte une baïonnette.

— Pitié, pitié! Pas ça...

— Putain, défends-toi. Dis-nous à quoi tu sers. Si t'es utile... tout est possible!

— Je revends à bas prix...

— Tu revends à qui? l'interrompit Zina.

— La plupart du temps, aux Portosses... je veux dire aux Portugais.

— Continue.

— Donc, je revends à bas prix des bactéries qui produisent

de l'hémoglobine humaine, des brebis donnant du lait enrichi en anticorps, des tomates ne pourrissant jamais, ou des choux qui exterminent les chenilles, ou bien encore des...

— Ça, pour le coup, c'est trop, jura Manu en plongeant sa baïonnette dans le cœur de Charbonnier, qui hoqueta et cracha un mélange de bile verdâtre et de sang avant de s'étaler de tout son long sur le lit.

— Mais pourquoi? s'insurgea Josh.

— Parce que j'aime les chenilles et que les choux me filent la colique, rigola Manu. Suffisant, non?

— Nous ne laissons jamais la vie aux scientocrates. C'est à cause d'eux que cette putain de planète est devenue invivable, trancha Zina.

— On le planque? demanda Benja.

— Inutile, tout va s'envoler en fumée... Au fait – et Zina regarda Josh – tu peux prendre la coke, si ça te dit!

Josh haussa les épaules et s'approcha du mort. Mentalement, il lui donna l'absolution pour aussitôt regretter d'avoir eu une pareille idée. Par tous les saints, pour qui se prenait-il? Le complice d'un assassinat, car c'était bien de cela qu'il s'agissait, trahissait la loi divine. Josh n'aurait pas assez d'une vie pour se racheter.

— A tout prendre, je préfère son passeport, marmonna-t-il.

— Pour ce que ça va te servir, dit Benja.

— Moi aussi, je vais mourir, c'est ça, hein?

— Te bile pas. Y a toujours de l'espoir, comme le répétait ma vieille, pour la canaille. Pas vrai, Zina?

— C'est en essayant que les Grecs ont pris Troie.

— Dans quoi, t'as lu ça, Zina? Et qui c'est ces Grecs? demanda Manu, en essuyant avec le drap du lit sa baïonnette.

— T'occupe... Si je compte bien, dit-elle en s'adressant de nouveau à Josh, il n'en reste plus que six, sans compter Meyrat et l'autre pute ? ... Pour combien de chambres ?

— Cinquante-quatre réparties sur trois niveaux...

— Cinquante-quatre divisé par huit, ça nous laisse une chance sur sept, virgule...

— Pas la peine de calculer, dit Josh. A l'Accueil, les numéros des chambres occupées apparaissent en creux sur le tableau de présences.

— Mais est-ce que ça dit qui occupe quoi ?

— Non, il aurait fallu consulter le listing sur l'ordinateur. Tu veux que je redescende ?

— N'y pense pas... On va jouer ça à la loterie !

— T'as toujours le bon plan, Zina, s'exclama, hilare, Benja. Ce qu'on va se marrer ! Toc, toc, qui frappe ? C'est le boucher... Génial !

— Allons-y.

15, 101, 106, 115, 207, 212, et 213. Sept chiffres, sept chambres, sept cadavres en perspective, et autant de péchés mortels, aurait dû penser Josh qui ne pensait plus qu'à sauver sa peau.

— La boîte est vide, constata Manu en l'écrasant du talon. Cette pute bluffait, je l'aurais parié. Des yeux en cellulo, voilà ce que c'était !

— Je crois pas, dit Zina.

— On commence par laquelle ? s'impatienta Benja.

— Par la 115... je suis sûr qu'ils s'y trouvent, dit Josh.

— D'accord, mais on se partage la tâche. Manu, tu t'occupes du deuxième étage. Trois chambres, ça t'ira ?

— Un régal.

— A toi, Benja, la 15...

— Une seule ?

— Tu pièges l'hôtel aussi.
— Je vais te tirer un de ces feux d'artifice… géant !
— Ne saute pas avec, ricana Manu.
— Y a pas de danger.
— On dit ça, on dit ça…
— Rendez-vous ici dans un quart d'heure maximum.
— C'est beaucoup trop, dit Manu.
— J'ai quelques questions à poser… lui aussi, d'ailleurs.
— On connaît la réponse. Il a tout faux.
— Parce que tu voudrais que je liquide Meyrat en cinq sec… Il nous en a fait trop baver, il doit à son tour souffrir avant de cracher son…
— Alors, là, j'approuve.

Moyennant quoi, on se sépara. Manu, nullement handicapé par le poids de son bazooka, fonça vers le second, suivi de Zina et Josh, tandis que Benja déballait en sifflotant sa marchandise. Vu que ce peuple s'est laissé égarer par les même faux dieux que ses ancêtres, ses palais seront la proie des flammes.

— Eh bien, mon camarade, on va vérifier si tu as du pif, dit Zina, une fois qu'ils furent arrivés sur le palier du premier étage.
— Et la 101, et la 106, tu leur fais grâce ?
— Ça va pas, non…
— Mais pourquoi tant de sang ?
— Tout à l'heure, c'est toi qui voulais qu'on les tue tous.
— J'avais perdu la tête, soupira Josh.
— Tu me plais davantage quand tu perds la tête. Tu parles la langue des temps futurs. Pas de vie sauve pour les anti-vie !
— Ce qui veut dire que lorsqu'ils t'attraperont, ils te rendront la pareille ?

— Je n'attends aucun pardon de mes ennemis. Je les tue, ils me tuent, c'est écrit... Tu vas entrer le premier dans la chambre, je veux voir comment ils t'accueillent.

— Que ta volonté soit faite.

Brandissant son crucifix de la main gauche, Josh composa de l'autre main le code d'accès. Un déclic, le pêne glissa librement dans la gâche, et la porte s'ouvrit. A cause du peu d'éclairage, Josh faillit buter contre Meyrat. Il gisait au sol complètement nu, et attaché au tuyau du chauffage central. Autour du cou il portait un collier de chien qui l'étouffait à demi. Au-dessus de lui, la femme du maire, toujours déguisée en squaw, le menaçait d'une ceinture de cuir. Il y eut un silence. Bref, oppressant, le temps pour Josh de mieux se repérer.

— Entre, mon gentil moine et viens m'aider à exorciser ce porc !

La lame fusa hors du crucifix et, de surprise, la femme du maire en laissa tomber sa ceinture.

— Cézanne m'avait pourtant averti, croassa-t-elle.

Josh ne lui prêta pas attention, il se pencha vers Meyrat qui se jeta alors sur lui les mains en avant, comme s'il voulait l'étrangler.

— Si j'étais à ta place, Meyrat, j'y réfléchirais à deux fois, dit Zina, en repoussant la porte du pied.

— Merci, dit Josh.

— Qui c'est Cézanne ?

— Un peintre que je pensais être de mes amis...

— Faut savoir choisir dans la vie... Et voilà la légitime du patron ! La chienne qui voudrait nous voir tous morts et qui... partouze avec le chef de sa police.

— Si vous voulez, je le tue, il ne sert plus à rien, dit la femme du maire d'une voix raffermie.

— Toi, on t'a pas sonnée, répliqua Zina. Allonge-toi plutôt par terre à côté de lui. Pour causer, c'est idéal.

— Cet après-midi, chez Cézanne, vous avez rencontré Robert et Sergeï, un Russe... n'est-ce pas ? interrogea Josh.

— Faux.

— Pourquoi mentez-vous ? Je vous ai vue.

— J'étais passée chercher la toile que je lui avais commandée.

— Mais ils étaient là, les deux autres.

— Il n'y avait personne.

— Tu n'y arriveras pas comme ça, dit Zina, tu devrais lui tailler le visage. Pour raviver la mémoire, c'est radical... T'as une lame, sers t'en. Tu veux tout de même pas que je fasse le boulot à ta place ?

La femme du maire tenta de se redresser, y renonça, puis se mit à hurler. Zina la frappa à la tempe avec la crosse de son PM. Elle roula sur elle-même pour s'immobiliser, évanouie, contre le poste de télé.

— Meyrat, dit Josh, ils vont vous tuer.

— Je n'ai pas peur.

— Meyrat, je vous en conjure, dites-lui que Robert n'est pas mon ami.

— C'est l'ami de ton père. Ça revient au même.

— Positif, l'approuva Zina.

— Mais mon père a tenté de l'assassiner, protesta Josh.

— Je ne mourrai pas seul, dit entre ses dents Meyrat.

— Et elle, demanda Josh en montrant le corps inanimé de la femme du maire, elle, quel rôle joue-t-elle dans la combine ?

— Elle ? Qu'elle aille au diable...

— Ils vont vous tuer, répéta d'une voix éteinte Josh.

— Je m'en fous, j'aurais vécu sept vies, je peux bien en perdre une.

— Quel est le rapport entre Cézanne et Robert ? insista Josh qui sentait l'heure du châtiment approcher.

— Ils ont fait l'Algérie ensemble. Robert interrogeait, et Cézanne l'assistait... Et il savait y faire, dit-on.

— Mais c'est impossible. Pas Cézanne !

— Tu n'es qu'un raté, Josh... Tu n'as même pas découvert ce qui se passait au sidatorium depuis le temps que tu y vas. Ta religion t'aveugle.

— Le sidatorium ! Il s'y passe quoi ? dit Zina, en promenant le canon de son PM sur le bas ventre de Meyrat.

— Tu le sauras bien assez tôt quand on t'y enfermera.

— T'as des couilles, Meyrat, faut le reconnaître. J'apprécie. Quand je te les aurai coupées, je m'en ferai un pendentif.

— Finis-moi, salope. Tire.

— J'ai une meilleure idée.

— Tu ne vas pas le torturer ? s'écria Josh.

— C'est vrai que t'es un raté. Un taré ! Putain, il te fait plonger, il t'entraîne dans sa mort, et, comme le dernier des cons, t'es là... à le plaindre.

— Je ne le plains pas mais...

— Y a pas de mais... En résumé, Meyrat, notre *sboube* au crucifix est mouillé jusqu'au cou. Correct, non ?

— Mouillé jusqu'au cou !

— Et Sergeï, t'ignores tout de lui ? poursuivit Zina.

— Tout...

— Par conséquent, qui verrait un inconvénient à ce que tu disparaisses ?

Et brusquement Zina arracha des mains de Josh le crucifix et trancha d'un geste vif la gorge de Meyrat.

— Tu vois, fit-elle le visage éclaboussé de sang, qu'il n'aura pas souffert.

— Et avec moi, tu vas t'y prendre de quelle manière? haleta Josh.

— Avec toi?... On va te ramener à la base, et on te jugera conformément à...

— Qu'est-ce que c'est que ces conneries? Me juger? Mais vous vous prenez pour qui?

— Zina, j'ai nettoyé le reste de ton étage, dit Benja en les rejoignant. Et lui, c'est pour quand?

— Pour très bientôt.

— Mais tu n'as pas liquidé la femme!

— Ç'aurait été trop bête! La femme du maire, c'est un otage qui vaut de l'or.

— Tu veux qu'on l'embarque avec nous?

— *Naturliche*.

— Je pourrai me la taper?

— Elle demandera que ça... Et Manu?

— Il arrive... il doit terminer au cure-dent les journalistes, tel que je le connais.

— Tout est en place?

— Tu me fais plus confiance?

— Tirons-nous.

— On repart avec le Combi? Ça se traîne, cette merde.

— Toi et Manu, vous prendrez vos motos, et nous, on suivra avec le fourgon.

— C'est à qui ce machin? demanda Benja.

— Le crucifix?... A lui.

— Beau gadget. Je peux le garder?

— Fais attention à pas t'endormir dessus, ça pique. La vengeance de Dieu...

— Qu'on me l'amène, Dieu, fit Manu qui se tenait dans l'ouverture de la porte.

— Allez, viens, toi, dit Zina... Josh, c'est un prénom pas commun. Ça me déplaît pas. Ça fera joli sur ta tombe !

Josh ne fit aucun commentaire. Il songeait aux hélicos qui rappliqueraient à la première explosion et qui les extermineraient. A moins que le Seigneur ne le sauve et ne renvoie les affamés les mains vides. Suffisait peut-être de croiser les doigts !

12

A cause de sa marge de manœuvre limitée, Benja n'avait prévu qu'un écart de dix petites minutes entre le moment où ils décamperaient de l'hôtel et celui où ça péterait. Pour échapper à l'escadron de surveillance, il aurait fallu disposer de deux fois plus de temps, d'une vingtaine de minutes pas moins. Mais Josh se tut. Une voix, celle du Seigneur, qu'il n'avait pas réentendue depuis le jour où il avait lâché la drogue pour le monastère, lui conseilla de garder ses remarques pour lui. Leur intelligence est obscurcie, Josh, leur volonté est affaiblie, et leur mémoire engourdie, en un mot le désordre les guide, ils ne savent plus distinguer la main droite de la main gauche. Qu'ils crèvent !

En vérité, le « Qu'ils crèvent ! » n'appartenait qu'à Josh.

Un reste de son passé criminel qui remontait à la surface et prenait le pas sur la parole divine.

Revenue à elle, un bout de sparadrap collé sur la bouche, et enchaînée par le cou comme l'avait été Meyrat, la femme du maire assistait à la scène les yeux remplis de terreur. Avec des mouvements machinaux, Manu et Benja descendirent leurs motos du Combi et les firent aussitôt rugir. Un dernier regard à Zina, et ils s'enfoncèrent sans tarder dans la nuit.

Le moteur du Combi toussa plusieurs fois avant de répondre, ce qui exaspéra Zina. Mais Josh tint bon. Il avait son plan, et son plan, c'était de ne pas dépasser le grand collecteur d'égouts qui n'était distant de l'hôtel que de trois kilomètres. Il mima si bien la bonne foi que Zina cessa de le houspiller.

La première charge de plastic explosa juste après 22 heures, quasiment au moment où le maire, étonné tout de même de ne pas avoir son épouse à ses côtés, décernait à une Cherokee des beaux quartiers le titre envié de reine du Carnaval.

Sous le souffle, un pan entier de l'hôtel s'effondra tel un château de cartes. Le ciel s'embrasa, et les hélicoptères surgirent de l'horizon trois minutes plus tard.

— Les charognards, grogna Zina.

— Agir en barbare n'est pas tout, encore faut-il prévoir en stratège, dit Josh en rétrogradant.

— Les leçons, tu peux te les carrer où je pense… Et pourquoi que tu ralentis, raclure ?

— Tu souhaites quoi ? Mourir ou survivre ?

— T'avais programmé leur arrivée, hein ?

— Réponds plutôt à ma question.

— Connard, évidemment que je veux vivre, mais je te crèverai si Manu et Benja n'en réchappent pas.

— Autant me tuer tout de suite. Ils n'en réchapperont pas. Vue d'en haut, une moto constitue une cible de choix. Difficile de la rater.

— Espèce de salaud ! grogna Zina.

— Alors… ?

— C'est quoi, ton plan ?

— Filer par les égouts.

— Les égouts ! Super, un décor de rêve pour agoniser… comme un rat.

— A condition d'y arriver... Y a du peuple là-haut !

Les deux hélicoptères virèrent de bord. Le Combi se trouva dans leur ligne de feu. Le carton assuré. Josh décida quand même de ne pas dévier de sa route. Il fallait passer. Il passerait. Advienne que pourra.

Comme s'ils avaient méprisé un tel objectif, les hélicoptères ne tirèrent pas de roquettes. Leurs mitrailleuses seules entrèrent en action. Josh mit la gomme, le Combi survolté parut s'arracher de la chaussée, et Josh entrevit le moment où ils s'en sortiraient sans la moindre égratignure.

La rafale les rattrapa par l'arrière. L'une après l'autre, les roues éclatèrent, et le Combi, brusquement déstabilisé, commença de tanguer dangereusement. L'entrée du grand collecteur ne se trouvait qu'à cinquante mètres, guère plus. Josh jura, pesta et évita d'aller s'écraser contre la glissière de sécurité. Un seconde giclée déchiqueta le toit du Combi, et Zina fut blessée par un éclat au bras droit. Dans un déluge d'éclairs, Josh stoppa devant la rotonde du collecteur. S'emparant du PM de Zina, il bondit hors du Combi et fit sauter la serrure de la porte en fer.

— Grouille-toi, lança-t-il à Zina, tout en surveillant le ciel.

Le visage tordu de douleur, Zina s'extirpa de la fourgonnette. Elle tirait de sa main valide la femme du maire, tel un vulgaire animal.

— Elle vient avec nous !

— Laisse-la... Tu n'y arriveras pas avec ta blessure.

— Elle vient avec nous. Manu et Benja ne seront pas morts pour rien.

— C'est toi le chef. Mais fonce, bon sang !

Josh vida le reste de son chargeur sur le premier hélicoptère qui revenait achever sa proie, tandis que les deux femmes s'engouffraient dans le collecteur. A l'intérieur, la trappe de plongée ne résista pas longtemps. Josh, le premier, descendit avec précaution les marches de l'échelle qui l'amenèrent au cœur du réseau de canalisations.

— On ne bouge pas d'ici, fit Zina lorsqu'il furent de nouveau tous ensemble.

— Tu es folle. Au matin, ils enverront des patrouilles de gris…

— Je m'en fous, je me sens pas de…

— Montre-moi ton bras… Pas joli, joli, des bouts de ton blouson sont mélangés à la chair. Et en plus ça a cramé ! Faut absolument le nettoyer, trancha Josh.

— Avec quoi ? Avec cette eau pourrie ?

— Là-haut, dans le Combi, j'ai une trousse de secours. Pas grand-chose, mais assez pour ce que tu as… Ça vaut le coup d'aller voir.

— Pour que tu te casses ou que tu me balances, non mais…

— Me casser ? Mais où ? A la surface, je ne vaux pas plus que toi, je n'irai pas loin… Tu dois me faire confiance.

— La confiance ? Jamais. Des mecs comme toi sont pires que les serpents. Ils frappent sans prévenir.

— D'accord !… Eh bien, ça va suppurer, t'auras une fièvre de cheval, et tu canneras dans d'affreuses douleurs. Si c'est ça que tu veux…

— Okay, vas-y.

— Je reviendrai.

— Tu m'engatses, mais qui sait, peut-être que non ? On voit de ces choses, dit Zina en esquissant un demi-sourire.

— Josh, emmène-moi, cria la femme du maire en tirant furieusement sur sa laisse.

— Toi, si tu bouges… Zina, celle-là, je vais l'attacher aux barreaux de l'échelle, comme ça tu n'auras pas à la surveiller.

— Putain, je suis loin d'être morte.

Malgré les protestations de Zina, Josh fit ce qu'il avait annoncé. Après quoi, il remonta vers l'air libre.

— Et maintenant, la vérité, dit Zina en s'adressant à la femme du maire.

— Je ne sais pas ce que c'est...

— Je te brûlerai la pointe des seins.

— Quelle vérité ?

— Il n'est pas de ton bord, hein ?

— Lui ? Qui voudrait s'associer avec un type de son genre ? C'est un perdant-né.

— Pour ce qui est de perdre, tu vaux guère mieux que lui.

— Erreur. Moi, on paiera pour me faire libérer. On paiera tout ce que vous voudrez. Cher, très cher.

— Le fric, toujours le fric !

— Vous en avez besoin, tout comme moi.

— Ta gueule ! Ne nous compare pas. Moi, je me bats pour une cause, tandis que toi...

— Moi, je me bats pour mon cul, c'est vrai. Mais en définitive qu'est-ce que ça change ?

— L'enjeu, dit Zina.

— Quel enjeu ?

— Plus je te regarde, plus je pense à une araignée. Une de ces araignées du Mexique, venimeuse, mortelle, et j'ai envie de t'écraser.

— Je ne crois pas que ce soit ce dont tu aies envie... au contraire, tu n'as qu'une envie, me serrer contre toi, me... Avoue, nous sommes seules.

— On prendra le fric de la rançon, et puis ensuite on te découpera à la tronçonneuse, et je m'en chargerai, dit Zina en tirant à elle de sa main gauche le PM, qu'elle cala entre ses jambes, avant d'y insérer un nouveau chargeur.

— Foutaise, la rançon ne sera versée que lorsqu'on m'aura récupérée…

— Silence, connasse… Merde, il a tenu parole ! Je l'entends déjà qui redescend.

— C'est ça, la force des sentiments.

— Les sentiments ? Je chie dessus, affirma Zina.

— Moi aussi, je leur chie dessus.

Josh avait dû entendre l'ultime repartie de la femme du maire, car au lieu de l'enjamber il lui écrasa méchamment la main en passant.

— Moi, dit-il, je leur marche dessus. Ça porte bonheur… En tout cas, ajouta-t-il à l'adresse de Zina, j'ai eu raison de regrimper là-haut, car j'ai pu la récupérer, ma trousse, et nous allons…

— T'étais pas obligé, l'interrompit Zina, tu aurais pu revenir sans… et assister tranquillosse à ma mort.

— On ne meurt pas de ça… Laisse-moi faire. Au moins, ça ne saigne plus, constata Josh.

— Je suppose que je dois te remercier à mon tour, grimaça Zina.

— Rappelle-toi, camarade, nous sommes tous des dissous en puissance.

Sur le coup de six heures du matin, alors qu'ils avaient tant bien que mal parcouru une dizaine de kilomètres à travers les égouts et que Zina paraissait ne plus souffrir de sa blessure, Josh lui proposa de se séparer.

— En suivant cette canalisation, lui indiqua-t-il, tu devrais aboutir à une grille d'aération qui donne sur la Réserve de l'Ouest.

— Comment que tu sais ça, toi ?

— Autrefois, j'ai pas mal circulé… sous terre. C'était le seul endroit où les stups ne s'aventuraient pas.

— Finalement, t'es pas blanc bleu !
— Finalement, oui, reconnut Josh avec regret.
— Et tu vas où ?
— Vers mon destin...
— Toi, t'as la manie de la grandiloquence. Logique que tu sois chez les curetons.
— Pas si simple, Zina... Je ne sais plus où je suis. Mais je sais où je vais... Je vais retrouver Myrna, et après j'aviserai.
— Elle te branche, cette nana ?
— Comme tu dis.
— Robert se mettra en travers.
— Qu'il l'ose !
— Il l'osera.
— Alors je commettrai l'irréparable.
— Une autre, une autre ! se moqua Zina.
— J'ai l'air si con que ça ?
— La vérité, c'est que tu n'y arriveras pas tout seul... Pars avec moi, le groupe t'aidera. Robert n'est pas le premier venu.
— Tu oublies Sergeï...
— C'est une affaire classée.
— Tu te racontes des histoires. Ton groupe ne t'écoutera pas. Tu n'as aucune preuve de ce que j'ai avancé. Ils croiront Sergeï, pas toi.
— La preuve, c'est elle, dit Zina en désignant la femme du maire qui, dans sa tunique souillée, déchirée, avait perdu tout magnétisme.
— Tu ne tireras rien d'elle.
— Je la ferai parler.
— Je dois récupérer Myrna... Toute la nuit, j'y ai réfléchi, et je suis presque convaincu que Robert marchait avec les jumeaux, que ce n'est pas lui l'assassin de Karl Schneider, et que Myrna court un grand danger avec lui.

— Ça fait beaucoup d'hypothèses.
— Justement, il faut que j'aille vérifier, dit Josh.
— Je répète ma question...
— Quelle question?
— Où, précisément, vas-tu aller? La ville est immense, et Robert en contrôle toutes les issues.
— Pas toutes... Je commencerai par le sidatorium. Il me semble que c'est là que se trouve la clé de l'énigme. Rappelle-toi ce qu'a dit Meyrat avant de mourir.
— Tu connais un rade sur le vieux port qui s'appelle le Paradisio? interrogea Zina.
— Ça ne me dit rien. Pourquoi?
— T'es bien le seul à ne pas connaître, tout le monde connaît.
— Dis voir. Peut-être que je sais où c'est!
— Juste après l'ancien arsenal... tu trouveras facilement.
— C'est pas un bar à... travestis?
— A gouines et à pédés, si c'est ça que tu veux dire... Bref, si jamais t'as les flics au cul, que t'es aux abois, vas-y, et dis que tu viens de la part de Nyx, on s'occupera de toi.
— Nyx? C'est qui, Nyx? s'étonna Josh.
— C'est moi... La déesse de la nuit, la mère de Thanatos, la mort, et de Némésis, la vengeance.
— Toi et Myrna, d'une certaine manière vous êtes sœurs.
— Amène-la moi que je juge... Mais n'oublie pas, le Paradisio, Nyx, ça peut te servir, d'autant que sans ton crucifix, te voilà nu comme un ver.
— Je n'oublierai pas, Zina.
— Moi aussi, ducon, je t'oublierai pas.
— Ni moi, Josh, siffla la femme du maire en le fixant avec haine.

Alors le Seigneur Dieu fit tomber l'homme dans un profond sommeil. Il prit une de ses côtes et referma la plaie. Puis, de la côte prise à l'homme, il forma une femme. Mais ceci, pensa Josh, était de l'histoire ancienne.

13

La plaque n'avait pas bougé d'un pouce, et pourtant – Josh l'aurait juré –, elle avait grincé, et ce grincement, si imperceptible qu'il fût, lui redonna de l'espoir. Un espoir convulsif, presque comique, à la mesure de l'accablement qui s'était emparé de lui quand, fatigué de lutter contre la masse inerte qui le dominait, il s'était cru perdu.

Il prit sa respiration et, tel un plongeur essayant d'échapper au tourbillon, il banda tous ses muscles et repartit à l'assaut de la plaque. Elle grinça un peu plus, et une poussière de rouille se colla à ses doigts. Cette fois, ce n'était pas une illusion, la plaque n'était pas verrouillée comme il l'avait redouté.

Il jeta toutes ses forces dans la bataille, et une mince lumière orangée vint lui caresser le bas du visage. Mais son pauvre corps, fourbu, douloureux, accusa le coup. La fatigue le reprit, ses bras refusèrent d'en donner davantage, et une vague de désespoir s'abattit à nouveau sur lui.

Aussi loin que Josh se le rappela, sa volonté ne trouvait à se comparer qu'aux mouvements de l'océan. Tantôt elle le portait à se dépasser, tantôt elle le tirait vers le bas. Vers l'abîme. Là où il se complaisait. Aussi arrivait-il que Dieu, pour dissiper ses angoisses, lui dise: «Lève-toi et va au camp des ennemis… Lorsque tu auras entendu leurs paroles, tes bras deviendront plus forts pour accomplir ce que je t'ai commandé.»

«Tes bras deviendront plus forts»… Josh poussa un hurlement libérateur et, s'arc-boutant des pieds, des genoux, il souleva comme par miracle cette lourde plaque de fonte qui le retenait prisonnier au fond des égouts.

Il ne s'était pas trompé. Les ruines des chantiers navals se dressaient devant lui, et l'endroit était aussi désert qu'il l'avait espéré. (Ça, c'était le positif; le négatif ne tarda pas à rappliquer. Flic, floc, la vague du haut, la vague du bas…) Josh se regarda et secoua la tête d'un air abattu. A l'évidence, il n'avait plus figure humaine. Ses vêtements, déchirés et maculés, puaient la mort. Jamais il ne pourrait pénétrer en ville. Rien qu'à l'odeur, on le repérerait tout de suite, c'en serait fait de lui, et Myrna le paierait de sa vie.

S'il avait eu au moins de quoi fumer, mais sa sacoche avait été emportée par un courant fétide sans qu'il pût la rattraper. Il se laissa glisser sur le sol et machinalement fouilla dans ses poches. Mis à part ses papiers, elles étaient vides. Pas même un reste de tabac qu'il aurait mâchouillé, histoire de se refaire la bouche.

Le spectacle des grues abandonnées qui battaient de l'aile à la façon de grands oiseaux blessés acheva de le démoraliser. Autrefois, les chantiers navals bruissaient de mille rumeurs fébriles. Tout un peuple de costauds tannés par le soleil s'affairait autour de coques dénudées, tandis que leurs femmes, après leur avoir apporté la gamelle du midi, s'en allaient promener leurs nichées gueulues sur les plages environnantes. Des plages noires, comme les blocs de lave que le volcan rejetait encore de temps à autre.

Josh se releva et, se frayant son chemin à travers les herbes hautes et les barils de goudron éventrés, il se dirigea vers l'océan dont il entendit très vite le clapotis réjouissant.

Le bain lui fut comme une purification. Comme un second baptême. Il frotta avec une fureur inspirée ses membres endoloris et empuantis jusqu'à ce que le souvenir lancinant des égouts s'évapore. Ensuite, avec la même énergie, il nettoya du mieux qu'il put ses vêtements.

C'est pendant que ceux-ci séchaient au soleil qu'il repensa au Carnaval, et au thème de l'année, «Nos ancêtres les Indiens».

Le maire l'avait choisi afin que cessent les on-dit l'accusant de pactiser en secret avec le Grand Condottiere. Et toute la ville, opposants compris, lui avait emboîté le pas, trop heureuse de noyer ses différences dans une orgie rédemptrice de couleurs. Aussi, songea Josh, avec un minimum de chance il dégotterait bien dans un recoin des chantiers navals de quoi passer inaperçu au milieu de la foule d'emplumés. Finalement, le Ciel pourvoyait toujours à ses désirs.

Même Mado hésita un court instant avant de le reconnaître. Déjà, dans l'autobus, le chauffeur s'était fendu la pêche lorsqu'à défaut de pouvoir payer son ticket, Josh s'était lancé dans un long discours parfaitement inintelligible où flottaient quelques onomatopées du plus bel effet. Dans toute tragédie, il y a du grotesque, et Josh lui-même participa de l'hilarité générale en esquissant sur place une sorte de danse du scalp.

— Bon sang de bois, vous semblez... passez-moi l'expression... une bordille! dit Mado, en l'invitant néanmoins à entrer.

— Fermez vite la porte, Mado.

— Vous avez eu tort de venir. Depuis que vous avez fichu

le feu chez mon fils, ça va, ça vient ici, pire que dans un pissodrome.

— Je suis désolé mais je n'avais nulle part où aller.

— Oh, je vous dis ça... pour vous prévenir. N'empêche que je suis bien contente de vous voir... Mon Dieu misère, quelle allure !

— Je sais, je sais, grogna Josh. J'ai passé la nuit dans les égouts.

— Je comprends mieux, parce que, entre nous soit dit, vous cocotez pire que les feuillées d'une bande de soudards.

— Je croyais pourtant... s'excusa platement Josh, en s'écartant d'elle.

— C'est que j'ai le nez exercé, moi, se rengorgea Mado. Trente ans à nettoyer les cochoncetés dans les toilettes d'une brasserie, ça vous donne le flair Purodor, je vous dis que ça ! J'ai comme un mouchard dans chaque narine...

— Il me faut des vêtements propres, Mado, et de l'argent, dit Josh d'un ton soudain péremptoire.

— Pour les vêtements, vous prendrez ceux de mon fils... Vaut mieux que vous les portiez plutôt que de les laisser pourrir ! Vous savez, le pauvre, il ne ressortira plus. Ou dans si longtemps que...

— Comment ça ? Mais je croyais qu'il allait mieux...

— Pour moi, oui, mais pas pour les docteurs, marmonna Mado.

— Il va donc rester à l'hôpital ?

— Pas exactement, ils vont le transférer dans un autre endroit.

— Où ?

— D'après ce que j'ai compris, dans cette clinique qui se trouve près de l'ancienne centrale.

— Allons donc, vous vous trompez ! s'écria Josh.

— Et pourquoi ?

— Parce que…

Josh ne termina pas sa phrase. Inutile de dire à Mado que son fils allait être dirigé vers le sidatorium. Sans doute ignorait-elle tout de son état de santé réel ? Probable que les médecins avaient voulu lui épargner l'horrible diagnostic.

Un fils fou, passe encore, alors qu'un fils infecté par le virus…

— Pourquoi vous ne dites plus rien ? finit par demander Mado devant le silence persistant de Josh.

— Pourquoi je ne dis plus rien ? répéta Josh, en se grattant le nez.

— Oui, pourquoi ?

— Parce qu'il n'y a rien à dire.

— Vous, vous me prenez pour une idiote, et de votre part c'est pas très gentil !

— Détrompez-vous, Mado… Et vous a-t-on donné les raisons de ce transfert ?

— Pardi ! … Il paraît que c'est une clinique très moderne et que…

— Mais de quoi souffre exactement votre fils ? l'interrompit Josh chez qui la curiosité l'emportait toujours.

— Vous n'écoutez pas alors, quand je vous parle. Cent fois, je vous l'ai dit.

— Eh bien, redites-le moi.

— Au début, ça l'a pris à la tête… Comme une montre dont les aiguilles tourneraient à l'envers… et maintenant ce sont ses jambes qui le lâchent, il ne tient plus debout.

— C'est nouveau, ça ! Vous ne m'aviez pas dit qu'il travaillait à un projet de village africain ? …

— Eh oui, c'est nouveau, je l'ai appris hier.

— Vous ont-ils parlé du traitement qu'ils lui feront subir dans cette clinique ?

— Vous le dire avec précision, bouf, les mots me manquent. Beaucoup trop calé pour moi... En tout cas, pas de visites pendant trois mois. L'isolement complet, et ça, c'est le plus dur.

— L'isolement complet !

— N'est-ce pas qu'on n'a pas le droit d'imposer une telle mesure à une mère ? C'est inhumain, vous ne trouvez pas ?

— Il faut prier, Mado ! dit sans le penser Josh.

— Prier ?... Je ne fais que ça depuis hier soir... Et je ne prie pas que pour mon malheureux fils, je prie aussi pour vous.

— Pour moi ?

— Vous êtes sourd ? Les flics sont déjà passés trois fois me rendre visite, avec des questions à n'en plus finir. A croire qu'ils en inventent chaque fois de nouvelles... Même Meyrat...

— Meyrat ? s'étonna Josh. Mais quand ?

— Hier, en fin d'après-midi, sur le coup de sept heures et demie... Il a appelé, pas content. Paraît que vous lui aviez donné une fausse adresse.

— C'est tout ce qu'il voulait ?

— Non, il voulait que je vous fasse un message... Attendez, je l'ai noté sur un bout de papier. Là, près du téléphone, vous voyez ? Oui, c'est ça, lisez-le, c'est pour vous... Vous arrivez au moins à me lire ?

— Pas très bien.

— Donnez-moi ça.

— Voilà.

— Zut alors, moi aussi, je me relis mal. Ce que c'est que de vieillir !

— Vous ne vous en rappelez pas ?
— C'était juste un nom…
— Un nom !
— Un nom et un numéro de téléphone… Pour le téléphone, c'est facile, les chiffres, ça se relit toujours, 555 37 73… mais le nom… Binoque, Ctoque… Un truc comme ça… Ranoque. Vous allez m'en vouloir, hein ?
— Ce ne serait pas Kinnock, le nom ?
— Exactement… Vous le connaissez ?
— Vaguement, mentit Josh qui se demanda de quel Kinnock il s'agissait, de Myrna, ou de Douglas, son père ?
— En tout cas, Meyrat, il plaisantait pas. C'est pas le genre à vous lâcher, celui-là.
— Qui sait ? ricana Josh… Et de l'argent, Mado, vous en avez à me prêter ?
— Pas des mille et des cents… Avec ma retraite, je dois faire petit petit. Heureusement qu'il m'arrive de gratter le bon numéro et d'empocher à l'occasion un surplus…
— Ça ne fait rien, laissez tomber. Gardez votre argent. Je me débrouillerai autrement.
— Suffit ! Je vous donnerai tout ce que j'ai… c'est-à-dire une dizaine de billets.
— Il ne faut pas.
— Prenez-les, un point, c'est tout.
— Merci.
— Et maintenant filez sous la douche et forcez sur le sent bon… Pendant ce temps, je vais vous sortir de quoi vous changer… Attendez… Un instant, j'ai une autre idée. Il y a tout de même une chose que je peux vous donner sans que ça me prive. C'est la moto de mon fils. Elle file vite, vous savez.
— Alors là, j'accepte volontiers.
— Dites, vous irez le voir dans sa nouvelle clinique ?

— Mais vous venez de m'apprendre qu'on va l'isoler, et que les visites...

— Quelqu'un qui ressort vivant des égouts doit pouvoir entrer n'importe où, non?

— Soit, j'irai. Je vous le promets, Mado, et d'ailleurs, tenez, je m'y rendrai dès que je serai sorti de chez vous.

Et Josh ajouta entre ses dents: «Comme ça, je ferai coup double.»

La sonnerie du téléphone fit écho à sa promesse. Pétrifiée sur place, Mado posa un doigt sur sa bouche comme pour intimer le silence à Josh. A l'autre bout du fil, on insista, si bien que la vieille femme se résigna à décrocher.

— Allô, fit-elle d'une voix apeurée... Qui?... Non, je ne l'ai pas vu... Le message?... Hé non, comment voulez-vous que je le lui fasse si je ne le vois pas?... Bon, très bien, s'il passe, je n'y manquerai pas... Oui, oui, j'ai tout noté... Au revoir, inspecteur.

Et elle raccrocha.

— Inspecteur? Quel inspecteur? interrogea avec fébrilité Josh.

— Et qui voulez-vous que ce soit? Meyrat, bien sûr... C'était l'inspecteur Meyrat!

— Impossible, Meyrat est...

— Est quoi?

— Est absent de la ville. Ils l'ont dit à la télé.

— Parce que vous aviez la télé dans les égouts?

— Bon, d'accord, mais vous êtes sûre d'avoir reconnu sa voix?

— Sa voix?... Sa voix, ben... On se parle pas tous les jours, quand même! En tout cas, pour le nom, vous aviez raison, c'est bien Kinnock... Peter Kinnock.

— Peter! Le frère de Myrna...

— Myrna, c'est cette superbe créature qui était hier avec vous chez mon fils ?

— Superbe... c'est un...

— Ah, parce que vous aussi, il vous les faut maigrichonnes, avec pas de poitrine et des fesses en goutte d'huile. Pauvre de nous, quelle époque !

— Mais vous-même, Mado, vous n'êtes pas bien dodue !

— Et j'en ai souffert, parce que de mon temps on les préférait roulées comme votre Myrna.

— Ce n'est pas ma Myrna.

— Vous savez si le bon Dieu a créé de belles femmes bien en chair, c'est que, quitte à les avoir à ses côtés au Paradis autant qu'elles aient de quoi là où il faut... Enfin, vous me comprenez.

— Nous somme encore loin du Paradis, Mado.

— Pour sûr qu'on l'est, mais on peut rêver. Le rêve, c'est encore en vente libre, non ?

— Le rêve ne se vend pas, Mado.

— Et depuis quand, s'il vous plaît ?... Allez, à la douche, monsieur le bel esprit.

— Je ne suis plus le rédempteur, alors ? plaisanta Josh, en se dirigeant vers la salle de bains.

— Un titre, ça se mérite... ou ça se prouve. A vous de voir.

Une fois, en Californie, Josh avait entendu Thérèse lui dire : « La vie est comme le vaisseau qui fend les flots agités et ne laisse après lui aucune trace de son passage rapide. » Etait-il enfin monté à bord de ce vaisseau ?

14

C'était une tout terrain, et elle se riait des obstacles. Josh n'en avait pas conduit depuis une éternité, depuis le jour où pour échapper à un blindé de la brigade anti-émeutes, il avait traversé l'une des baies vitrées de la fac de sciences, là-bas dans l'extrême Nord. La moto n'avait pas survécu, mais lui, par chance, s'en était tiré avec deux côtes fêlées et un gros coquart. Paralysés dans leur engin inutile, ses poursuivants en avaient été pour leurs frais.

Celle-ci était plus puissante, une 500 cm^3 iranienne, avec des reprises fulgurantes et une suspension tout en finesse.

En ville, Josh n'avait pas traîné. Il avait taillé au plus court, ne respectant ni les limitations de vitesse ni les sens interdits. Une voiture de patrouille avait bien été tentée de le prendre à revers, mais une foule rieuse l'en avait empêchée. C'était Carnaval, et la police, on s'en tapait.

Lui-même avait failli rebrousser chemin quand déboulèrent des cités d'urgence du Sud les tribus de chômeurs, grimés pour la circonstance en chasseurs de primes. Devait-il leur foncer dessus, ou leur abandonner la chaussée et risquer de se faire gauler ? Il n'eut pas à choisir. Comme il ne portait pas de casque, ses longs cheveux furent applaudis par les plus jeunes qui ne pistaient que les en-brosse, et on s'écarta pour qu'il puisse reprendre sa course… Etant plein d'angoisse et enflammé d'amour, oh! l'heureux sort, il sortit sans être vu, tandis que son cœur était déjà fermé à la pitié. Les flics municipaux se le tinrent pour dit et regardèrent ailleurs, comme dans un conte pour enfants.

Josh abandonna sa moto derrière un talus et la recouvrit avec soin de branches mortes. De la route, elle était invisible et, s'il y avait urgence, elle ne manquerait pas de redémarrer au quart de tour.

Mais par où commencer? Au sidatorium, à force de le voir en compagnie de Cézanne, les gardiens de l'entrée s'étaient habitués à lui et le laissaient passer sans jamais rien lui demander. Au contraire, ils ne manquaient pas de le saluer et d'échanger avec lui les banalités d'usage sur la météo qui n'était plus ce qu'elle avait été.

Moyennant quoi, il était facile pour Josh d'y pénétrer sans encombre. Pourtant, il préféra ne pas le faire. Si Meyrat n'avait pas menti, et si le sidatorium ne ressemblait pas à ce qu'il avait imaginé, comment pourrait-il découvrir la vérité? Ou alors, il perdrait beaucoup de temps, et du temps il en manquait. Non, le mieux était de coincer Cézanne et d'essayer d'en tirer quelque chose. Ce serait dur, très dur, car la folie du peintre n'était pas feinte, et l'interroger ne mènerait peut-être pas à grand-chose. N'importe, quand le miel manque, on se contente de mélasse. Josh songea à Zina et à Sergeï. Lequel tuerait l'autre?

Lorsque Josh poussa sa porte, Cézanne était de dos. La blouse tachée de peinture, il préparait sa palette.

— Salut, Cézanne, fit Josh.

Le peintre tourna la tête, sourit, puis revint à ses tubes.

— C'est comme l'autre, dit-il, son imprévoyance le perdra.

La seule façon de dialoguer avec Dieu, l'avait prévenu le Père-Maître à son arrivée au monastère, c'était de se prendre soi-même pour un fou. D'entrer dans la folie. Josh avait retenu la leçon, et il ne chercha pas à contrer Cézanne.

— D'ailleurs, reprit celui-ci, je ne lui ai pas envoyé dire : vous peignez seulement avec ça ? Où est donc votre jaune de Naples ? Votre noir de pêche ? ... Et votre terre de Sienne, et votre laque brûlée ? Où est votre bleu de cobalt ? Il est impossible de peindre sans ces couleurs.

— Et avec le sang, est-ce qu'on peut peindre, Cézanne ?

— Pour bien peindre un cadavre, je dois d'abord découvrir ses assises géologiques. Songe que l'histoire du monde date du jour où deux atomes se sont rencontrés... Nous sommes un chaos irisé.

— Tu ne commettras pas de meurtre dit la Bible.

— La Bible est une morgue.

— Comme le sidatorium, n'est-ce pas ?

— Le monde doit être changé en peinture. Moi, quand je m'installe devant un sujet, c'est comme un vent de couleurs qui m'emporte, c'est comme si tout mon métier me coulait dans le sang.

— Mais pourquoi doit-on souffrir ? Pourquoi faire souffrir ?

— Je suis un jalon, d'autres viendront qui... A mon âge, on songe à l'éternité : la peinture jusqu'au bout ! Mais il y faut de la religion.

— Confesse-toi, alors.

— J'ai mangé de la chair humaine.

— Sur l'ordre de qui ?

— La soumission est la base de tout perfectionnement...

— Tout dépend à qui l'on se soumet.

— Je suis peut-être venu trop tôt. J'étais le peintre de ta

génération plus que de la mienne. Voilà, j'ai mes trois laques, la garance, la carminée fine, et la brûlée. Je vais pouvoir extirper le mal… Attends-moi, je reviens.

Josh ne tenta pas de s'opposer à la sortie de Cézanne. Manifestement, le peintre ne lui apprendrait rien. Il vivait dans un ailleurs infréquentable. Mieux valait profiter de son absence pour fouiner dans son atelier et miser sur le hasard.

Mais d'abord Josh appela le numéro de Peter Kinnock. Le 555 37 73. Après la cinquième sonnerie, il entendit un déclic, et le répondeur cracha son message : « Eh oui, nous sommes sortis. Mais nous ne sommes pas loin. Nous reviendrons plus tôt que vous ne le pensez. Laissez-nous quelques petits mots, ou à défaut passez nous voir. Vous serez les bienvenus puisque vous avez notre numéro. A bientôt donc. Parlez s'il vous plaît après le bip sonore. »

Le contenu du message décontenança Josh qui s'était préparé à tout, sauf à ça. La voix aussi l'avait complètement troublé. Il la connaissait, sans cependant parvenir à mettre un nom dessus. Elle lui était familière. Il l'avait entendue plus d'une fois. Pour s'en convaincre, il refit le numéro et réécouta le répondeur. Ce n'était pas la voix d'un de ses proches. D'ailleurs, des proches, il n'en avait pas. Ou plus. Non, cette voix appartenait à un type connu. Un type assez important pour qu'on pense le connaître. Mais Josh ne trouva pas.

Il entama la fouille de l'atelier par les deux grandes armoires que Cézanne fermait toujours à double tour. Or Josh avait remarqué que le peintre n'emportait pas la clé avec lui, qu'il la cachait dans son pot à pipes.

Dans la première, il ne découvrit rien de bien intéressant, sinon un livret militaire en assez mauvais état qui attestait des bons et loyaux services de Cézanne du temps où, sergent parachutiste, il se faisait appeler Edouard Vernon. Il était né en décembre 1939 dans un village voisin. Josh l'aurait cru plus âgé. Comme quoi est vieux qui veut.

Dans le bas de la seconde armoire, il y avait une petite valise métallique, semblable à celles que l'armée fournissait naguère à ses gradés. Le père de Josh en avait possédé une, lui aussi. Elle pesait son poids et les serrures ne sautèrent qu'après plusieurs coups de talon. Enveloppée dans des chiffons graisseux, une vieille Thompson gisait dans le fond. Par dessus, Cézanne avait rangé tout un tas de chargeurs, la plupart vides, ainsi qu'un couteau de tranchée.

Josh arma la Thompson en régla la longueur de bretelle et la passa à l'épaule. Puis, il continua sa fouille. Une étagère tout entière croulait sous des dossiers jaunis. Il s'agissait des doubles dactylographiés de rapports d'interrogatoire. Certains étaient maculés de sang, mais Josh ne leur accorda qu'une attention relative. Il connaissait la chanson. Il avait lu ceux de son père. Ça l'avait vacciné. L'ignominie et la douleur à longueur de page, avec comme conclusion la mort. A gerber.

Plus intrigante fut la cassette VHS qu'il dénicha sous une pile de photos grand format qui représentaient, toutes, des corps affreusement torturés. Vraiment très bizarre, car à longueur de temps, Cézanne déclarait sa haine de la télévision et se vantait de ne jamais la regarder, ni même d'en avoir un jour possédé une. Pourquoi alors conservait-il cette cassette ? Quels secrets contenait-elle ?

Le crissement des roues sur les graviers de la cour attira Josh vers la fenêtre. Une décapotable recouverte de sable venait de s'immobiliser entre les arcades du château d'eau, le seul endroit où il y eut de l'ombre à cette heure. Quand la portière claqua et que son chauffeur se fut retourné vers le baraquement, Josh fit glisser la Thompson entre ses mains et en libéra la sûreté. Dans le même mouvement, et comme par réflexe, il empocha la cassette de Cézanne.

Markus Schneider était seul pour autant que Josh pût en juger, et il n'avait pas changé de costume, toujours son trois pièces flanelle, comme si la chaleur n'avait pas prise sur lui. Josh se faufila contre le mur, près de la porte, et attendit.

— Je sais que vous êtes là, dit Schneider en ouvrant la porte mais sans en franchir le seuil.

— Avancez les mains sur la tête, aboya Josh.

— Du calme! Je ne suis pas venu en ennemi, répliqua Schneider en ne bougeant pas de sa place, ce qui obligea Josh à se montrer.

— Vous êtes l'ennemi de Myrna, ça me suffit.

— Si j'avais voulu vous surprendre, vous ne m'auriez pas entendu. Et je n'aurais pas débarqué seul.

— Les mains sur la tête! répéta, obstiné, Josh.

— Si ça peut vous faire plaisir, mais je suis net...

— Bouclez-la, avancez et collez-vous au mur.

Schneider se décida à obéir. Josh le fouilla hâtivement, rien, pas d'arme, puis le força à s'asseoir sur le lit de Cézanne. Lui-même s'installa sur le tabouret du peintre, la Thompson braquée sur Schneider.

— Comment avez-vous appris que j'étais là?

— L'intuition divine.

— Pas de ça avec moi!

— Mado me l'a dit.

— Mado!... Vous ne l'avez pas...?

— Mais non! Je lui ai raconté que j'étais un de vos amis, et elle...

— Arrêtez vos conneries, je n'ai pas d'amis, et Mado le sait bien.

— Okay, c'est votre supérieur... chez les moines. Satisfait ?

— Je vais vous tuer.

— En général, on le fait sans avertissement, donc vous ne le ferez pas... Je peux fumer ?

— Fumer quoi ?

— Mais une de mes cigarettes. Vous êtes un amateur, vous ne savez pas fouiller, le nettoyage garanti sur facture, c'est pas votre rayon... Alors, je peux ?

— Pas question.

— Vous en voulez peut-être une ?

— Allez vous faire foutre... Votre histoire ne tient pas. Mon supérieur, comme vous dites, ignore l'existence de Cézanne. C'est donc Mado, et vous avez dû, espèce de salope, la travailler au corps pour arriver à la faire parler... De toute façon, qui que ce soit qui vous ait renseigné, vous avez commis une erreur en vous pointant ici, vous n'en ressortirez pas vivant.

— Si on causait ?

— Sûr qu'on va causer... Vous allez m'avouer vite fait où se trouve Myrna, et ensuite on arrêtera l'enregistrement.

— Quel enregistrement ? s'étonna Schneider en regardant autour de lui.

— C'est une image, connard. Si tu préfères, je coupe la bande, je t'efface.

— On se tutoie, alors ! Logique finalement, vu d'où tu viens.

— Et d'où je viens ?

— De la Fraction...

— La Fraction ! Quelle Fraction ?

— Pour parler ton langage, c'est le résumé de l'intrigue que tu veux ? Eh bien, c'est parti... Tu n'as pas toujours été ce que tu t'acharnes à vouloir paraître, Blandin. Tu as appartenu dans le passé, quand tu habitais l'Amérique, à la Fraction *Ghostkillers*.

— *Bullshit*, les *Ghostkillers* n'ont jamais existé. C'était une blague, une manière de se payer la gueule de ces chiens d'informaticiens du *Border Line*. Rien d'autre!

— Tu te défends mal. Ce n'était pas un jeu mais la guerre. Une guerre au format réduit, d'accord, mais une guerre quand même. Et tu n'étais pas dans le camp des vainqueurs.

— Erreur, personne n'a vaincu, et personne n'a été vaincu.

— Là-dessus, je t'approuve à cent pour cent. Mieux, je sais que tu n'as pas trahi. Que tes bondieuseries, c'est du flan. Que c'est sur l'ordre de ton orga que tu as infiltré les curaillons.

— C'est quoi, ce code? Fraction, orga, et pourquoi pas les sections clandestines, tant qu'on y est?

— Justement, on pourrait en parler de celles-là.

— Stop, on arrête les frais. Tu n'es qu'un tueur de seconde zone, un mercenaire du crime et…

— Et toi, qui es-tu? Le Christ ressuscité?

— Tu dois le savoir, puisque tu sais tout.

— J'aimerais te l'entendre dire.

— Parle-moi plutôt de Kinnock, du père de Myrna. Combien il te file pour ce sale boulot?

— Kinnock est un renégat, et je vais le supprimer.

— Marrant, toi aussi tu annonces la couleur.

— Oui, mais moi, j'ai le jeu pour.

— Sauf que tu vas rater la donne suivante, dit Josh en caressant le chargeur de la Thompson.

— Mon frère et moi n'avons collaboré – car jamais nous n'avons été payés – avec Kinnock qu'à cause de son passé.

Il avait appartenu à la Grande Famille, et nous étions à peu près convaincus qu'il continuait à la servir... Tiens, tu ne me demandes pas de quelle Grande Famille il s'agit, preuve que...

— Ça va, continue.

— D'accord, tueur de fantômes... vous auriez pu quand même mieux choisir, c'est nul comme nom !

— La prochaine fois, on te téléphonera.

— Je t'explique... A la fin de l'Empire, mon frère et moi, on a été rayés des cadres, mais on n'a pas retourné notre veste... Pas comme cette crapule de Sergeï qui fait semblant d'être encore des nôtres alors qu'il a rejoint les Frontistes. Tu me suis ?

— Mot à mot.

— Donc, quand Kinnock a pris contact avec nous, on s'est dit que c'était reparti et on a accepté.

— Vous avez accepté de tuer sa fille... Rien que ça !

— Et alors ? La cause avant tout, non ?

— Non.

— Voilà pourquoi tu es un amateur, et pourquoi aussi ta bande de rêveurs était d'avance condamnée.

— Que tu crois ! Rien ne résiste à l'esprit. A l'idée.

— Prairie est morte.

— Quoi ? s'exclama Josh.

— T'es largué ou quoi ? Ils ont eu Prairie... comme ils t'auront.

— Prairie... les ordures !

— Si vous aviez accepté le processus d'unification, on n'en serait pas là.

— On avait rien en commun, et tu le sais !

— L'histoire tranchera. En tout cas, je te finis avec Kinnock. Lui aussi, comme Sergeï, comme plein d'anciens, a viré de bord.

— Prévisible...
— C'est l'argent qui l'a perdu. Il n'a qu'une peur, le perdre.
— Il le perdra.
— C'est la vie qu'il va perdre, car c'est lui qui a fait assassiner mon frère par Robert, et maintenant c'est à lui d'y passer.
— Tout ça, c'est du roman. Comment un ex-membre de la Grande Famille serait à tu et à toi avec les gris?... A l'hôtel, l'autre matin, ces enfoirés t'obéissaient, à croire que t'étais un de leurs chefs.
— La différence entre toi et moi, Josh, tient à ce genre de détails. Nous, nous avons l'habitude du double jeu, nous sommes des pros, pas des bricoleurs. Quand on monte une filière, elle fonctionne.
— Je n'en crois pas un mot.
— Alors, réécris le scénar.
— Et pour Myrna, dis-moi tout. Je m'impatiente.
— Myrna, c'est vrai, on l'a traquée, il le fallait, mais...
— Mais quoi?
— Ce n'est plus elle que je veux. Je te l'abandonne... si elle vit encore.
— Robert?
— Eh oui, Robert! Le colonel Robert, viré des services secrets mais conseiller influent de la Coordination.
— Donc, à t'entendre, lui et le père de Myrna, c'est du pareil au même.
— Enfin, tu y viens, soupira Schneider.
— Mollo, je ne viens nulle part. Je dresse le bilan et je vérifie.
— Tu veux Myrna?
— Oui.
— Tu la veux vraiment?... Parfait! Faisons un échange,

tu me files l'adresse de Peter Kinnock, et en échange je te dis où trouver sa sœur.

— Vas-y, aboya Josh.

— Comme ça ? Sans garantie ?

— Sans garantie.

— Je te crois incapable de me tuer.

— Alors, vas-y.

— Tour des Argonautes... Les deux derniers étages sont loués à une société de prothèses chirurgicales dont le principal actionnaire n'est autre que Robert. Hier soir, Myrna y était encore.

— Vivante ? questionna Josh d'une voix altérée.

— Vivante... L'adresse de Peter, s'il te plaît.

— Mado a dû souffrir, hein ? Mais elle a tenu bon...

— Qu'est-ce que tu vas chercher ?

— Mado n'a pas parlé. Elle ne t'a rien dit, ni sur moi, ni sur Peter.

— Débloque pas, putain ! s'effraya soudain Schneider.

— Je t'ai averti, t'as touché les mauvaises cartes, t'es plus dans le coup, tu sors du jeu. *So long*, Markus.

La rafale faucha Schneider avant qu'il ait pu tenter quoi que ce soit. Une mort foudroyante, instantanée, plus douce sans doute que celle de Mado. Les tueurs de fantômes n'avaient qu'une devise : les chaînes pour qui doit être enchaîné, et la mort par le feu pour qui a allumé l'incendie. Josh récupéra tout de même le paquet de blondes, de la merde extra light avec des filtres longs comme le pouce. Vas pourrir en Enfer, Schneider.

15

A priori, tout avait été prévu et réglé. Sur le papier, en tout cas. Entre 15 heures et 15 heures 30, les Sioux, emmenés par Sitting Bull, feraient mumuse à Little Big Horn avec les tuniques bleues du général Custer.

Au dernier carré de Blackbeurs, à ceux qui avaient échappé aussi bien à l'expulsion qu'à la dénationalisation, le maire – un homme si charitable – avait attribué le rôle de Sioux. Et les organisations de jeunesse chrétienne s'étaient proposées pour leur donner la réplique.

Logiquement, ça devait fonctionner sans heurts, gentiment. Comiquement. Sur les huit cas de figures recensés par l'ordinateur central, les autorités s'étaient ralliées à la solution la plus *soft*.

Et les autorités se l'étaient prise en pleine gueule.

Vite, très vite, le spectacle dégénéra.

D'abord, parce qu'une petite armée de Natios, bien décidés à flinguer du basané, renvoyèrent scouts et éclaireurs, à grands coups de pompes dans le derche, et que les municipaux laissèrent faire. Pour une fois que la purification ethnique ne leur incombait pas !

Et ensuite, parce que les Sioux, contrairement à ce

qu'avaient escompté les Natios, ne se ramenèrent pas les mains vides. Arcs et flèches n'étaient pas factices, pas davantage que les *riot guns* et les grenades.

En un clin d'œil, l'avenue Héraclès, l'une des plus larges de la ville, se transforma en champ d'abattage. Or c'est précisément en plein milieu de ce district que s'élevait la tour des Argonautes. Quand Josh découvrit la scène, il n'était plus en mesure de reculer. On avait basculé dans le siècle précédent et, comme à Little Big Horn, la nasse se refermait sur chaque nouvel arrivant, et soit on tombait, dupe innocente de la fatalité, soit on ralliait un camp, et on morflait autant, avec peut-être la satisfaction de savoir pourquoi.

Encore fallait-il franchir la rangée de voitures renversées et incendiées, derrière laquelle l'avant-garde des Natios, complètement isolée du gros de la troupe, tentait de contenir les raids sioux.

Josh mit les gaz à fond et fonça sur les crânes rasés. Il était le guerrier de la dernière chance, celui qui charge et taille sa route au plus court. Au vrai, il pensait naïvement pouvoir éviter le contact et bondir par dessus les carcasses fumantes. Mais non, il dut payer son tribut au massacre.

Au dernier moment, une fillette, qui ne paraissait pas avoir plus de quinze ans, le mit en joue, et Josh, la poitrine plaquée au réservoir, l'éclata comme un melon trop mûr. Sa roue avant s'inclina dangereusement et tangua. Il faillit perdre le contrôle de sa machine. Contrebalançant de tout son poids le déséquilibre de sa moto, il parvint de justesse à la redresser et à franchir la barricade. Béni soit Yahvé, mon rocher, qui instruit mes mains au combat et mes doigts pour la bataille. L'homme est semblable à un souffle, ses jours sont comme l'ombre qui passe.

De l'autre côté, les Sioux le reçurent comme un des leurs.

Josh serra des mains, leva le poing en signe de victoire, sans poser pour autant pied à terre. Il ne pouvait pas s'attarder. La tour des Argonautes n'était plus qu'à une centaine de mètres.

Josh eut cependant le temps de remarquer ici et là plusieurs mitrailleuses qu'installaient des barbus qui n'étaient visiblement pas nés en Afrique. A coup sûr, des HLN attirés par l'odeur de la poudre, pensa Josh qui essaya de voir, mais en vain, si Zina les accompagnait.

Les Argonautes était un immeuble commercial, et dès les premiers coups de feu, la totalité de ses employés s'était ruée vers les parkings souterrains, si bien que les *lifts* ne fonctionnaient plus. Trente-neuf étages à pied, c'était beaucoup, d'autant que Josh n'avait rien d'un coureur de fond. Aussi déboucha-t-il sur le palier du trente-huitième le souffle court, et le corps trempé de sueur, mais bien décidé à en découdre.

D'un coup de crosse, il fit voler en éclats la porte vitrée sur laquelle il venait de lire en lettres d'or *Protorganes*, et du bout des doigts il débloqua le *lock*. A l'intérieur, personne ne bougea. Là aussi tout le monde avait foutu le camp. Josh fit le tour des bureaux, pas moins de sept, sans découvrir ce qu'il était venu chercher. Schneider l'aurait-il entubé ?

Il grimpa à l'étage supérieur, c'est-à-dire au dernier.

L'annexe de *Protorganes* lui parut tout aussi déserte.

Découragé, il se laissa tomber sur la banquette de cuir qui courait le long de la baie panoramique, et contempla la ville comme n'importe quel con de visiteur qui n'en revient pas d'être là. Trente-neuf étages en dessous, sur l'avenue Héraclès, les combats avaient redoublé de violence, mais de cette hauteur, et compte tenu que les doubles vitrages atténuaient les bruits de la fusillade, tout se mélangeait dans une confusion indescriptible.

Un peu comme dans un Charlot.

Lui-même d'ailleurs nageait dans l'absurde. Personne ne répondait distinctement, explicitement, à ses questions, chaque nouvelle situation répétait la précédente, la comprenure, comme aurait dit Myrna, s'épaississait, et quand il se retournait sur ses pas, Josh n'en distinguait même plus les traces.

Son regard hébété remonta lentement de la rue à la pièce où il se trouvait.

L'écran vide d'un téléviseur lui renvoya alors une image de lui qui ne fit qu'augmenter son malaise. L'image d'un homme prématurément vieilli, anéanti, et qui ne savait plus qui croire. D'un homme à la dérive.

Josh se força à se remettre debout. Mais debout, il ne valait guère mieux. Putain d'histoire, putain de vie et... putain de cassette, jura-t-il entre ses dents serrées, en sortant de son blouson la cassette de Cézanne.

Drôle de mec, quand même ! Il y a dix secondes encore, il était prêt à tout larguer, et voilà que ses foutus réflexes reprenaient le dessus, qu'il allumait la télé, qu'il branchait le magnétoscope et qu'il appuyait sur la touche *play*, comme s'il maîtrisait le cours des événements.

C'était du noir et blanc. Un grain dégueulasse. Terriblement sous exposé. Des images éraflées, presque raturées, usées jusqu'au cellulo à force d'avoir été passées et repassées.

On voyait des hommes en tenue camouflée s'entraîner au tir. Sûrement un souvenir de l'Algérie. Josh accéléra le mouvement. Encore cette merde ! A cause de son vieux, il s'en était tapé des kilomètres. Blasé qu'il était. Comme pour les comptes rendus d'interrogatoires. Tu parles d'une enfance ! Viens, mon gentil papa, que je te défonce la gueule...

Tout à coup, et malgré la vitesse des images qui s'entremêlaient sur l'écran, quelque chose le surprit. Il devait se planter ! N'empêche, il revint en arrière et refit défiler le film à un régime normal. Pas d'erreur, ces salopards ne s'exerçaient pas sur des cibles de carton mais sur des hommes, pour la plupart enchaînés à des croix rudimentaires.

A la séquence suivante, toute la bande de tueurs, une cinquantaine de personnes, qu'on ne cadrait que rarement de face, se retrouvait dans une salle immense, ténébreuse, mal éclairée et que Josh, les larmes aux yeux, s'interdit de reconnaître.

C'était pourtant le monastère.

Petit à petit, la caméra, en se rapprochant du mur du fond contre lequel avait été dressée une table de bois, laissait découvrir des détails qui ne purent que confirmer Josh dans son horrible intuition.

La sonnerie de clairon le fit sursauter. Venus de la gauche, deux hommes occupèrent brusquement le devant de la scène. Mais même avec le ralenti Josh n'arriva pas à bien voir leurs têtes, car ils tournèrent assez vite le dos à la caméra pour déployer une banderole sur laquelle on avait écrit « Guerre aux hommes de mauvaise volonté ».

La salle hurla de joie. La caméra panoramiqua sur elle, et Josh compta une dizaine de femmes, mais pas un seul visage connu. Puis, on revint sur les porteurs de la banderole. Ils étaient à présent face à l'objectif, et Josh ravala ses sanglots. A la tristesse succéda la rage. Certes, ils paraissaient plus jeunes, beaucoup plus jeunes, certes l'image était médiocre, mais aucun doute n'était possible, il s'agissait bien des frères Schneider.

Immédiatement après, le Père-Maître – eh oui, ton maître, Josh – vint prendre place derrière la table de bois. Ce fut du délire. Toute l'assistance se leva, et chacun tapa dans ses mains comme si Dieu lui-même venait de leur apparaître. Dieu ou n'importe quel sauveur suprême.

Comme par fait exprès, le film s'arrêtait là. Josh déroula cependant scrupuleusement la bande jusqu'à la fin. De deux choses l'une, ou la copie était foireuse, ou le type qui tenait la caméra filmait sans autorisation, et peut-être avait-il fini par être découvert ? Dans ce cas, comment Cézanne s'était-il emparé de la cassette ? Et pourquoi la conservait-il ? Pour se protéger de qui ? De quoi ?

Et merde, c'était reparti, une question, deux questions, trois questions, et pas la moindre réponse, sinon une évidence : depuis le début, il l'avait dans le cul. Comme à l'école. Comme en Californie. Comme dans tout. Josh, tu l'as dans l'os !

Plus par colère que par nécessité, il commença de vider les tiroirs, en dispersa à la volée leur contenu, puis il défonça tous les ordinateurs. Il prenait plaisir au carnage et, n'écoutant que sa haine, il jetait à bas tout ce qu'il rencontrait sur son passage. Soudain, il eut soif, très soif.

Dans ce genre de boîte, se dit-il, ils doivent posséder une chiée de frigos dernier modèle avec des tas de rafraîchissements. Or rien de tel se présenta à sa vue. Sa soif augmenta en proportion. Son gosier criaillait comme une pièce de fer qu'on lime. Il allait redégringoler vers l'étage inférieur quand il découvrit derrière le standard un placard qu'il n'avait pas ouvert.

Le vieil homme, replié sur lui-même, bascula en avant et vint s'écraser à ses pieds.

Josh devina aussitôt qu'il s'agissait de Douglas Kinnock, à cause de ses mains diaphanes rongées par les rhumatismes. Il essaya stupidement de l'allonger mais la rigidité cadavérique avait fait son œuvre. Josh se souvint d'un film anglais dans lequel l'assassin, pour reprendre une épingle de cravate dans la main de sa victime, lui brisait un à un les doigts.

Les vertèbres cervicales crissèrent, craquèrent et cédèrent lorsqu'il voulut regarder la tête du mort. Horreur, on lui avait, comme à Karl Schneider, arraché les yeux. Josh en eut la nausée, et un flot grumeleux et blanchâtre jaillit de sa bouche arrosant le père de Myrna.

— Suce ta merde, ordure!

L'ordre avait été formulé en anglais, mais Josh ne tenta pas de faire celui qui ne comprend pas. Il plongea son visage dans son dégueulis, et de nouveau il eut un haut-le-cœur et revomit.

— Archie, prends-lui son arme.

Ils étaient donc au moins deux, pensa Josh.

— Et maintenant, écarte-toi… et fous-toi sur le dos pour qu'on voit à qui on a affaire.

Cette fois, le type s'était exprimé en français.

— C'est parfait, j'aime qu'on m'obéisse.

Ils étaient bien deux. Des grands gabarits. Mais l'un, celui qui commandait, était d'un blond si pâle qu'il paraissait albinos, tandis que l'autre, plus mat, et les cheveux crépus, devait être mélanésien.

— Toi, tu es certainement Blandin… Celui que ma sœur appelle Josh. Eh bien, Josh, tu as fait le mauvais choix.

— Je ne suis pour rien dans la mort de votre père, protesta bêtement Josh.

— *It isn't fair, mister Blandin*, grommela le Mélanésien.

— Mais oui, c'est le jeu, Archie. Depuis quand ne respecte-t-on plus les droits de la défense?

Archie donna son point de vue en décochant à Josh un méchant coup de pied qui l'atteignit en plein dans le foie.

Josh se retint pour ne pas hurler.

— Bien sûr que tu n'as pas tué mon père, reprit comme si de rien n'était Peter Kinnock. Ça, c'est l'œuvre de notre ami Robert... A se demander comment il fait avec son fauteuil roulant. Un artiste dans son genre, n'est-ce pas ?... Archie, Archie, tu vois, tu cognes trop fort, il faut savoir se modérer... Regarde, Josh n'apprécie pas l'humour de mes remarques. Attention, vilain garçon !

Un nouveau coup de pied ponctua l'avertissement de Peter Kinnock. Cette fois, c'était lui qui avait frappé, direct dans la cheville, là où la douleur noie toute espèce de dignité, et Josh ne put s'empêcher de gémir.

— Ma sœur a dû t'en raconter des abominables sur le compte du vieux. Tout à fait entre nous, il n'en méritait pas tant. Un bricoleur comparé à moi... Mais cette grosse conne l'ignorait, comme elle ignore tout des raisons qui en ont fait une fugitive, une traquée... Vois-tu, Josh, c'est moi qui conduit le bal, et depuis le début, d'une certaine façon. Moi, et évidemment ma chère mère. Elle, elle a commencé, et moi, j'ai suivi... et poursuivi.

— Pourquoi ? parvint à articuler Josh.

— Pourquoi ? Mais parce que ma mère ne supportait pas que sa fille ne corresponde pas à l'image de la blanche jeune fille, svelte et élancée, que tout un chacun désire. Idiot, n'est-ce pas ? Mais enfin, puisqu'on éloignait de la maison cette petite peste, j'ai souscrit des deux mains... En vérité, que ma sœur soit obèse ou filiforme ne me dérange pas. Ce qui me dérange, c'est de partager avec elle le bonus. Car qui s'est tapé le sale boulot depuis dix ans ? Moi, rien que moi. J'ai même inventé un concept, le concept du *jetable*. De Tijuana à Buenos Aires, tout enfant de moins de quinze ans n'est qu'un *jetable*. On l'étripe, on lui vide le corps, puis ni vu ni connu, on le jette. *Wonderful, isn't it, Archie ?*

— *What did you say, Peter?*

— *I say: tomorrow I will set about getting a really reliable secretary...* Ma sœur m'a dit que tu ne parlais pas anglais, Josh, mais je pense que tu lui as menti, hein ?

— *Of course I do.*

— Dommage pour toi, car Archie ne supporte pas que je me moque de lui en public. Il te le fera payer cher tout à l'heure.

— *We better clear*, s'impatienta Archie.

— Tu as raison, Archie, on va décamper. *Sorry*, Josh, t'auras donc droit à la version courte. Très courte... Ce vieux coyote sur lequel tu as vomi, ce qui entre parenthèses me dispense de le faire, je le haïssais autant que Myrna. Fils unique, il n'y a rien de mieux. Pourquoi alors m'avoir fabriqué cette sœur encombrante et... ? Je déteste les filles... Mais oui, Archie, j'arrête, je vais à l'essentiel. Imagine-toi, Josh, que, contre toute attente, mon père a voulu reprendre sa fille avec lui, et qu'il a découvert qu'au lieu de croupir dans une clinique, elle avait disparu. Tu saisis l'imbroglio. Lui ne sait pas que j'ai tout mis en œuvre pour la faire disparaître, et elle, elle pense que la cause de tous ses malheurs, c'est lui. Génial, n'est-ce pas ?

— Dégueulasse, osa dire Josh.

— Dégueulasse, mais génial ! Bref, avec l'âge, il craque, il la réclame... On a beau avoir les mains couvertes de sang, on se rappelle soudain qu'on a une âme, et que etc., etc. Je te laisse deviner la suite.

— Les frères Schneider, pour qui travaillaient-ils alors ? demanda Josh.

— Mais pour moi, même s'ils pensaient que mon père était leur commanditaire. De foutus idéalistes, ces Allemands !

— Et Robert ?

— Robert ! Idem... Lui a très vite compris. Et nous avons traité. Sa conscience ne le travaille pas. C'est un réaliste. Il ne rêve pas...

— Est-ce que Myrna est vivante ?

— C'est pathétique, les amoureux, Archie ! Ils ne se soucient que de l'autre.

— *There's no time, Peter. We've got to finish.*

— Ça se dégrade tant que ça en bas ?

Archie acquiesça d'une grimace.

— Myrna, dites-moi pour Myrna, supplia Josh.

— Pas de réponse, Josh ! Tu vas crever sans le savoir, tu vas crever dans le regret, dans le remords. C'est l'Enfer qui t'attend, et c'est justice pour un fils de Dieu... *Have a nice trip.*

— Il n'y sera pas seul, articula tout à coup une voix féminine.

Trois Sioux venaient de faire irruption dans la pièce et menaçaient de leurs armes Kinnock et Archie.

Josh se redressa à demi sur ses coudes.

— Tu peux te relever, Josh, dit alors Zina en apparaissant dans l'encadrement de la porte.

— Zina, ne sut que balbutier Josh.

— Pour toi, oui, je suis Zina, mais pour eux, je suis, rappelle-toi, Nyx, la mère de Thanatos et de Némésis. La mort et la vengeance.

Ni Kinnock, ni Archie ne bronchèrent. Seuls leurs yeux paraissaient encore vivants et allaient furtivement de l'un à l'autre.

— Tu veux t'en charger ? dit Zina en tendant à Josh son Colt.

— Mais d'où sors-tu ?

— On t'a suivi... depuis en bas. Je t'avais vu sur ta moto.

— Et durant tout ce temps, vous... ?

— Chacun sa musique, l'interrompit Zina. C'est ce que tu m'avais dit et répété, non ?

— Et eux, par où sont-ils arrivés ?

— Par le toit. En hélico. L'hélico du maire, si tu veux tout savoir. Et le pilote doit trouver le temps long. On ira lui rendre visite tout de suite après.

— C'est incroyable !

— J'avais un ami à la fac qui disait : La pratique est la seule théorie qui profite... Et surtout ne me parle pas de Dieu ! Pas du tien, en tout cas !... Bon, alors, que décides-tu ? Toi ou nous ?

— Laisse-moi d'abord leur poser une question.

— Ta question, je la connais. C'est : Où est Myrna ? Je me goure ? Non, hein ? Eh bien, te fatigue pas, j'ai la réponse.

— Tu as la réponse ?

— La femme du maire a craché le morceau. Son mari est dans le coup. Le sidatorium est une sorte de laboratoire d'essais. Y a pas de sidéens là-dedans, y a que des loque-dus que les municipaux ramassent et sur lesquels les charognards de Kinnock expérimentent tout ce qu'ils peuvent... Pire qu'au Brésil, mon camarade. Le progrès est toujours de notre côté !

— Mais Myrna ?

— T'inquiète, elle est pas là-bas. Elle est chez le maire avec Robert...

— Et si la femme du maire mentait ?

— Pas après ce que je lui ai fait... T'as encore besoin d'eux ?

« Ne joue pas au juste devant le Seigneur, ni au sage devant la violence », se rappela Josh qui, en se retournant vers Kinnock et Archie, dit d'une voix sourde :

— Babylone doit être détruite.
— Dix millions de dollars, proposa brusquement Kinnock.
— Pas mal, apprécia l'un des Sioux, en baissant son arme.
— En plus, ça se partage bien, constata son voisin.
— Alléluia, répondit Zina en faisant feu sur Kinnock et Archie.

16

Le pilote de l'hélicoptère ne se le fit pas dire deux fois. Il irait où l'on voulait qu'il aille. Il en rajouta même, accablant d'injures le maire qui l'avait toujours traité plus bas que terre. Un enculé de sa mère maudite, répéta-t-il sur tous les tons, comme pour éloigner de lui le spectre menaçant de la mort. Son acharnement finit par mettre en boule Zina qui le bouscula et s'empara de ses papiers.

— Et ça, dit-elle en lui jetant à la figure sa carte du Parti, c'est quoi. Ton permis de port d'arme, pourriture ? A moins que ce soit ton acte de décès... ?

— Je vous le jure, on m'a forcé, bêla le pilote. Si on veut du boulot, elle est obligatoire.

— Ecrase, tu me dégoûtes.

— Regarde, Zina, regarde, les voilà, ces enfoirés ! Putain, la panique que ça va être chez les copains, en bas ! Putain, c'est la guerre...

Trois vagues d'hélicoptères de combat remontaient l'avenue Héraclès comme pour une parade, sauf qu'ils mitraillaient tout ce qui bougeait, Sioux comme Natios.

— Branche ta radio, bâtard.

— Tout de suite... tout ce que vous voulez !

— Tu dois savoir sur quelle fréquence émettent les gris ? Un mec comme toi, ça en sait des choses !

— Ils en changent sans arrêt, mais je vais trouver. Ils sont pas si forts que ça !

— T'as intérêt à te grouiller.

Le pilote s'activa et, au bout de quelques secondes, il parvint à capter le QG des gris. Les ordres fusaient, souvent incompréhensibles, mais relativement évocateurs pour ce qui était de la situation.

En clair, les principaux hôpitaux, débordés, avaient carrément fermé leurs portes, et d'ailleurs les ambulanciers ne sortaient plus. Ils refusaient de servir de cible aux différents groupes qui s'affrontaient dans le centre-ville. Même les pompiers rechignaient à quitter leurs casernes. Conclusion, crachota une voix anonyme, achevez les blessés, pas de quartier. L'officier d'un groupe d'intervention qui procédait au bouclage du quartier par les couloirs du métro, réclama une confirmation.

« Confirmé, recrachota la même voix, le maire a eu le soutien du présidium. Exécution immédiate. »

— T'as le choix, dit Zina en braquant son automatique sur la tempe du pilote, ou tu nous sors de ce merdier, ou tu...

— Pas de problème, on passera... Ils ne tireront pas sur l'hélicoptère du maire.

— Toute manière, s'ils tirent, on y passe tous, toi comme nous.

— On va où ?

— Plein sud.

— Mais je suis limite en carburant.

— T'en as encore pour combien ?

— Pour trois quarts d'heure, maxi.

— Ça nous met où, trois quarts d'heure ?

— En volant vers le sud?... Au mieux, et si on tient le cap sans...

— Tu m'emmerdes avec tes suppositions, est-ce qu'on sera près du volcan?

— Du volcan? On pourrait même atterrir dans son cratère, essaya de plaisanter le pilote.

— Décolle, et *fissa*.

— Accrochez vos ceintures, on y va.

Effectivement, les gris ne cherchèrent pas à les intercepter. Il y eut juste une vérification radio. Expéditive et anodine, dont le pilote se tira avec aisance. Les couleurs du maire firent le reste.

— A quoi tu penses, Josh? demanda Zina.

— A ton bras... Ça va mieux?

— Pas trop mal.

— Tu sais, Zina, je me disais aussi que plus ça allait, plus j'étais comme une vitre, tout me passe à travers.

— Fais gaffe, les vitres, à la longue, ça casse, rigola l'un des Sioux.

Josh mentait. Il dialoguait avec Dieu. Il lui reprochait son insensibilité. Que gagnes-tu, lui disait-il, à ce que mon sang coule, à ma descente dans la tombe? Et la poussière, te loue-t-elle? Annonce-t-elle la vérité? A quoi, Dieu opposait un silence obstiné. Lequel, plutôt que d'accabler Josh, l'incitait à vouloir se libérer de ses promesses sans fondement. Ce Dieu, il l'avait créé de toutes pièces, et le moment lui semblait être venu de le détruire. Mais pourquoi le dire à Zina? Pas plus que Myrna, elle ne le comprendrait pas.

— Et maintenant, on se pose où? interrogea le pilote comme ils approchaient des Hautes Terres.

— On va contourner le volcan par la droite, et ensuite on descend.

— Et après?
— Et après quoi?
— Vous me laisserez repartir?
— T'as des gosses?
— Trois.
— Quel âge?
— Treize, seize et dix-huit ans.
— Un jour, ils se battront à nos côtés...
— J'en suis sûr, approuva lâchement le pilote.
— Et ils le feront contre toi, contre tout ce que tu représentes.
— Pourtant, ils m'adorent.
— Que tu crois!... Attention, nous y voici. Repère ce monticule de pierres, et pose-toi à côté.

Une fois l'hélicoptère immobilisé au sol, Zina abattit le pilote de deux balles dans la nuque tout en fixant Josh qui ne cilla pas et lui rendit imperturbablement son regard.

— Tu t'améliores, dit-elle en rengainant son arme.
— Ce n'est pas le mot qui convient.
— Quel est-il alors?
— Soif... J'ai soif.
— Mais il n'y a personne ici, s'exclama l'un des Sioux.
— Tu vois la grotte, là-bas au fond, droit devant toi... Tu la vois?
— Moi, je la vois, dit Josh.
— Il doit y avoir des motos planquées dedans, et dans moins d'une demi-heure nous aurons rejoint la base.
— Et s'il n'y en a pas?
— Nous irons à pied.
— Dans une heure, pas davantage, il fera nuit noire, dit Josh.

— Et alors ? Personne ne viendra nous chercher par ici. Le volcan est notre meilleure protection.

— J'aime pas trop ça, fit le plus jeune des Sioux... On dit qu'il est loin d'être éteint, qu'il continue de cracher et que...

— Tu veux aller vérifier ?

— Parle pas de malheur.

— Eh bien, voilà pourquoi on ne craint rien. Allez, assez déconné, on y va.

La base tenait davantage du campement improvisé que du bastion inexpugnable. La plus grande confusion y régnait, mais Josh ne s'en effraya pas. Il retrouvait quelque chose qu'il avait bien connu, la fébrilité joyeuse du groupe sur le point d'en découdre, et qui l'enivra comme par le passé, et ce jusqu'au moment où il aperçut la femme du maire.

Les lèvres déchirées, sanguinolentes, les joues marbrées d'ecchymoses, elle faisait pitié. Au-dessus d'elle, le cadavre de Sergeï, pendu par les pieds, se balançait sinistrement.

Malgré Zina qui voulut l'en empêcher, Josh s'agenouilla à côté d'elle.

— Cigarette..., murmura-t-elle plaintivement en s'accrochant à lui.

— Inutile ! Vous n'y arriverez pas... Vous n'avez plus de bouche.

— Cigarette, répéta-t-elle.

Après en avoir allumé une, Josh en aspira une longue goulée et posa délicatement ses lèvres sur celles de la femme du maire.

— Drôle de bouche à bouche, ironisa Zina.

— S'il te plaît, arrête.

— Les mecs qui coupent leur manteau en deux, je leur pisse à la gueule.

— Arrête.

— Merde, mais tu te prends pour qui ?

— Encore cette question, dit Josh avant de retirer sur sa cigarette et de se repencher vers la femme du maire.

— Oui, encore cette question. Les héros, ça me fout les boules.

— Zina, la mort, d'accord, mais la torture, jamais !

— Et à moi, tu crois que ça me branche ?

— Josh..., chuchota la femme du maire, je veux vivre, aidez-moi.

— Elle veut vivre ! C'est ça qu'elle a dit, hein ? fit Zina... Evidemment qu'elle vivra.

— Le maire va payer ?

— Il aurait pu, il avait accepté, mais on va lui proposer autre chose.

— Quoi ? interrogea avec espoir Josh.

— Sa gonzesse contre Myrna.

— Mais Myrna n'est rien pour vous.

— Pas si sûr...

— Je ne comprends pas.

— Ecoute, dans cette histoire, t'as navigué à vue, t'as été largué tout le temps, et c'est pas maintenant que tu vas retrouver tes marques.

— Je veux être là pour l'échange.

— Pourquoi ?

— Je veux être là.

— T'es accro, ducon ?

— Tu fais chier, Zina, vraiment tu fais chier, explosa Josh. T'as la bouche pleine de grands mots, la mort, la vengeance, mais tu n'es qu'un doigt sur la gâchette. Rien de plus. La mort, la vengeance, je vais te montrer ce que c'est. Mène-moi jusqu'à eux, et tu n'auras pas trop de tes deux yeux pour voir enfin à quoi ça ressemble.

— T'as du jus quand tu veux.
— A quelle heure, vous envisagez l'échange ?
— A 22 heures.
— Où ?
— Sur l'autoroute.
— Il y aura du monde au balcon.
— Tu penses aux patrouilles ? Pas de danger qu'elles se montrent... On va proposer au maire de relâcher d'abord Myrna, et une heure plus tard, on lui indiquera par CB où retrouver cette salope.

Mais ni le maire ni le colonel Robert n'assistèrent à la libération de Myrna dont les premiers mots furent : « J'ai faim ! » Il se fit un silence dans le ciel. Josh se sentit floué et se retira à l'écart. Zina vint le retrouver. « Elle est belle », dit-elle en lui caressant les cheveux. Josh ferma les yeux. « Elle t'attend... Ecoute, petit frère, pour savoir se venger, il faut savoir souffrir. » Lui désignant une étoile dans le lointain, Josh répondit : « Qu'allons-nous devenir ? »

— Primo, tu vas me baiser, et secundo, quand tu m'auras baisée et rebaisée, tu me raconteras la mort de Peter, que je reprenne mon pied, dit Myrna qui les avait rejoints.

— A chacun sa musique, hein, mec ? fit Zina en s'éloignant.

— Alors, qu'est-ce que tu dis du programme ?

— Ça ou autre chose, dit Josh d'une voix faussement résignée alors qu'il sentait le désir l'envahir.

— Le bureau des plaintes, c'est pour après, fit Myrna en le serrant contre elle.

— Nous y revoilà, murmura Josh avant de l'embrasser à pleine bouche.

*Cet ouvrage a été composé
par Infoprint.
Reproduit et achevé d'imprimer sur Roto-Page
par l'Imprimerie Floch à Mayenne
le 2 avril 1993.
Dépôt légal : avril 1993.
Numéro d'imprimeur : 34051.*

ISBN 2-07-049340-7 / Imprimé en France.

63561